행복을 찾아가는
소년

행복을 찾아가는 소년

발행일	2022년 5월 27일

지은이	신 준		
펴낸이	손형국		
펴낸곳	(주)북랩		
편집인	선일영	편집	정두철, 배진용, 김현아, 박준, 장하영
디자인	이현수, 김민하, 안유경, 김영주	제작	박기성, 황동현, 구성우, 권태련
마케팅	김회란, 박진관		
출판등록	2004. 12. 1(제2012-000051호)		
주소	서울특별시 금천구 가산디지털 1로 168, 우림라이온스밸리 B동 B113~114호, C동 B101호		
홈페이지	www.book.co.kr		
전화번호	(02)2026-5777	팩스	(02)2026-5747

ISBN	979-11-6836-323-6 03810 (종이책)	979-11-6836-324-3 05810 (전자책)

(주)북랩 성공출판의 파트너

북랩 홈페이지와 패밀리 사이트에서 다양한 출판 솔루션을 만나 보세요!

홈페이지 book.co.kr • **블로그** blog.naver.com/essaybook • **출판문의** book@book.co.kr

작가 연락처 문의 ▸ ask.book.co.kr

작가 연락처는 개인정보이므로 북랩에서 알려드릴 수 없습니다.

신 준
두 번째
에세이

행복을 찾아가는 소년

북랩

"행복하십니까?" 우리는 어른이 되면서 서로에게 덕담으로 자주 이 말을 주고받으며 자신이 정말 행복한지 반문하기도 한다.

그렇다면 무엇이 행복한 것일까? 나 자신은 무엇을 위해 살고 있는가? 그 답은 자신이 가진 꿈이 무엇인지를 깨닫는 데서 찾을 수 있을 것이다.

사람은 누구에게나 꿈이 있다. 그 꿈이 자신에게 맞는 것인지는 잘 몰라도 자기만의 꿈을 좇아 살아가고 있다. 그러면서 자신의 꿈이 좌절될 때마다 또다시 새로운 꿈을 그리며 살아간다.

그러다 '불혹'의 나이가 되어 더 이상 변하기 어려운 자신의 모습을 보고는 의기소침하게 되고, '지천명'의 나이가 되어서는 자신의 운명으로 받아들이며 꿈을 잊어간다.

필자도 50대에 들어서서 운명을 조금씩 알게 되자 내게 맞는 꿈을 꾸어야겠다는 생각이 들어 지난 세월을 정리하기 시작했다. 10년이 지나도록 끝내지 못하고 있다가 '이순'이 지나며 조금씩 보는 대로 이해할 수 있게 되어 적당한 선에서 마무리하기로 했다.

돌이켜보니 태어나서 50세까지는 부모로부터 물려받은 환경 속에서 길들여져 살았던 나날인 듯하다. 필자 역시 어린 시절 가난 때문에 선택할 수밖에 없었던 직업군인의 길을 운명으로 받아들이며 살아왔다. 그러다 50세쯤에 전역하면서 이혼과 재혼이라는 커다란 변화를 겪으며 인생 후반전을 준비하게 되었다. 그렇게 적지 않은 풍파를 거치면서 지난 세월을 운명으로 이해하게 되었고 내게 주어진 행복이 무엇인지 분간하게 되었다.

그래서 이제 환갑 이후의 삶은 내게 맞는 행복을 꿈꾸며 살아가게 되었다. 꿈이 있어야 사는 것이 가치 있고, 자신에게 맞는 꿈이어야 행복할 수 있기 때문이랄까.

그런 취지에서 지나온 추억 속을 거닐며 주변을 돌아보니 주어진 행복이 보이기 시작한 필자의 생각을 순수한 소년의 관점에서 소개해 보고자 한다.

차례

1부
추억 속을 거닐며

제1장
어린 시절

그리움의 시작

　어느 여름날 아침, 소년의 엄마가 잠든 채 집으로 실려 왔다. 그때 소년은 초등학교 5학년이었다. 노환인 할아버지의 임종을 보러 아버지와 같이 갔었던 엄마가 왜 잠든 채로 집에 와야 했는지 당시 소년은 알지 못했다.

　단지 소년 앞에서 처음으로 눈물을 흘리며 "네 엄마 떠났다."라고 말하는 아버지의 모습과 누워서 잠자고 있는 엄마의 모습, 그리고 찾아오는 이들의 슬퍼하는 모습을 보며 다시는 엄마가 깨어나지 못할 수도 있겠다는 생각이 들었다. 그러다 "애들은 나가 놀아라." 하는 어른들의 말에 밖에 나가 동네 아이들과 놀았다. "우리 엄마 돌아가셨다."라고 태연히 말하며.

이틀 밤이 지나니 사람들이 통곡하며 엄마를 나무상자에 넣고는 차에 싣고 어느 동산으로 가서 묻었다. 그리고 돌아오는 차 안에서 아버지가 도시락 뚜껑에 소주를 연거푸 마시다가 쓰러져 병원에 실려 갔다. 소년이 놀라서 병원에 쫓아갔더니 생명에 지장은 없다는 의사의 말에 안심하고 버스로 돌아왔다.

그렇게 예기치 못한 엄마와의 이별이 소년에게는 '그리움의 시작'이었다는 것을 그때는 알지 못했다.

4남매의 막내딸로 자란 소년의 엄마는 2남 1녀의 막내아들과 혼인하여 2남 1녀를 두었고, 소년은 그 중의 막내아들이었다. 소년은 자라면서 떠난 엄마에 대해 주위 모든 사람이 칭송하는 것을 보고 엄마가 훌륭하게 살다 떠났다는 것을 알게 되었다.

소년의 엄마는 결혼 전에 서울에서 고등학교에 다녔고 1.4 후퇴 때 고향인 충청도로 피난 내려와 선을 본 후 결혼하게 되었다. 피난 중에는 어린 조카들을 안고 한강다리를 건너왔고, 결혼 후에는 임신하여 친정에서 머무르는 동안 나무에서 놀다가 떨어진 어린 조카를 업고 십리 길을 달려 병원에 가는 바람에 결국 자신의 뱃속 아기는 사산이 된 적도 있었다.

성격이 괄괄한 편인 그녀였지만 남편 앞에서는 큰소리 한 번 내지 않았고, 형편이 어려워 임신 중에 지우려 했던 막내아들에게는 항상 사랑으로 대해 주었다. 세상을 떠나기 10년 전부터는 남편의 사업자금을 구하기 위해 친척 집 부엌일도 마다치 않고 일했고, 그러다 남편의 사업이 잘 안되자 직접 시계 점포를 운영하여 생활비를 벌어 자식들을 공부시켰던 억척스러운 엄마였다.

또한 서울에서 고교를 다녀 집안 내에서는 조금 유식했던 차에 지방고교를 나온 똑똑한 조카에게 연대 법대 입시원서를 사다 줘서 합격할 수 있도록 해주어 그 조카가 평생 고마워했던 작은엄마였다.

그랬던 엄마가 시아버지 임종 소식을 듣고 가서는 할아버지가 숨을 거두자 곡을 하다가 30분 뒤에 숨이 멎었다고 한다. 왜 멎었는지는 아무도 모른다. 그저 그녀가 심장질환이 있었다는 것밖에는.

그렇게 그녀는 자신의 꿈을 펼쳐보지도 못하고 38년여를 살다가 꽃다운 나이에 아무 말 없이 떠나버렸다.

어린 소년의 가슴에 그리움만 가득 남긴 채.

가난한 아이의 설움

엄마가 갑자기 떠난 뒤로 소년은 가난이 얼마나 춥고 외로운지를 알게 된다. 그리고 인간을 얼마나 추하게 만드는지도 보게 된다. 그러면서 돈 때문에 추한 모습은 보이지 않으려고 몸부림을 치며 살아가게 된다.

예전에 아버지 없는 자식은 남들이 무시한다고 하는 말이 있었는데 소년은 엄마 없는 아이들은 배고픔을 뼈저리게 겪고 살아가게 된다는 것을 경험한다. 엄마들은 자식들에게 무조건적이기에 적어도 먹고 자고 교육받는 것 등은 보장하기 때문일까.

초등학교 5학년 때 엄마가 안 계시니 중학교 1학년인 누나가 밥하고 빨래하며 학교에 다녔다. 때론 먹을 밥이 없어 며칠을 굶기도 했다. 그러다 쌀을 구해 밥을 했는데 당시 어린 누나가 삼층밥을 했는데도 허겁지겁 맛있게 먹었다. 허기를 채우고 나니 밥맛이 이상한 것을 알게 되었는데 그래도 다시 배고파지니 그런 밥도 먹을 만하게 느껴지자 '시장이 반찬'이라는 말이 이해되었다. 지금도 소년은 그때의 굶주림이 남아있어선지 밥을 정말 좋아해서 간식으로도 밥을 먹는다.

학교 다니면서는 분기마다 학비를 내야 하는데 매번 납기일이 지나면 담임선생님에게 불려가 언제 학비를 낼 것이냐는 질문을 받았고, 그때마다 아버지에게 얘기하면 그다음 분기에야 친척들에게 돈을 얻어 납부하는 절차를 반복해야만 했다.

고3 때 한번은 소년이 반 친구와 함께 단과반 학원에서 한 달간 수강하려고 아버지에게 말했더니 학원 강의가 시작되는 날까지도 아무 말이 없어 결국 못 다니게 되고는 아버지가 정말 돈이 없다는 것을 알게 되었다.

그러다 대학 진학 문제로 상담하러 온 아버지에게 담임선생님이 "댁의 아들 실력으로는 아버지가 원하는 육사에 갈 실력이 안 되어 원서를 써줄 수가 없다."라고 말해 의기소침해진 아버지가 돌아가면서 "내가 빈손으로 와서 그런 것 같으니 네가 담임선생님께 담배 한 보루 사서 가져다드리거라." 하며 소년에게 담뱃값을 주고 갔다. 소년은 그럴 필요 없다고 말했지만, 아버지의 체면을 생각해서 학교 앞에서 담배 한 보루를 사서 담임선생님 책상 위에 올려놓았다. 다음날 선생님이 "네 아버지가 그리 원하시니 원서를 써주긴 하겠다."라고 하는 말을 듣고 담배 한 보루의 가치를 깨닫게 되었다.

그러면서 정말 가난한 집에서 대학에 가는 것이 불가능하다고 생각하게 되었고, 그런 연유로 소년은 국비로 교육을 받을 수 있는 그 학교에 갈 수밖에 없다고 생각하게 되었다.

바둑 삼매경

　가난한 아이들은 그들 나름대로 돈이 안 드는 놀이를 즐기며 보낸다. 소년도 공 하나만 있으면 여럿이서 함께 할 수 있는 축구, 농구 등을 하며 친구들과 어울렸다. 그러다 중학교 때 두 사람만 있으면 세상사 이치까지 깨달을 수 있는 반상의 원리를 알게 되고는 바둑에 빠지게 되었다. 어려웠던 시절에 비용 부담 없이 혼자서 생각하며 즐길 수 있었기 때문이다.

　초등학교 시절에 처음 아버지에게 바둑을 배운 소년은 중학교 시절에 한 칸 뜀의 원리를 이해하면서 바둑의 무쌍한 변화에 매료되었다. 그 시절 동네 친구들 3명과 함께 바둑 리그전을 벌이며 승자를 가리고 복기하며 온통 반상의 그림에 푹 잠겨 지냈다. 그곳에는 현실의 약자도 자신만의 나라를 만들어 갈 수 있었기 때문일까.

　처음 바둑을 시작할 때는 눈앞에 바로 따먹을 수 있는 것만 보여 한 칸씩만 움직이다가 점차 멀리 넓게 보고 둘수록 결국은 상대보다 더 많은 실리를 얻을 수 있음을 알게 되면서 수준이 올라갔던 것이다. 그 원리를 알게 되니 그 후에는 바둑을 자주 두지 않아도 세월이 흐를수록 오히려 수준이 올라가는 것을 깨닫게 되었다. 세상사 이치처럼.

바둑을 둘 때 초반에는 각자 자신의 구상대로 포석하다가 상대의 대응에 따라 서로 원만한 합의점을 찾아 정석대로 정리하게 된다. 여기서 어느 한쪽이 더 많은 이익을 챙기려고 욕심을 내면 결국 손해를 보게 되는데 이를 응징하기 위해서는 정석의 원리를 알고 상대의 수마다 정확한 순서대로 대응해야 한다. 그렇지 않으면 오히려 욕심을 낸 상대의 수에 말려들게 되어 큰 손해를 입기도 한다. 속세의 생활에서와 같이.

　　바둑의 승패는 결국 집으로 계산되므로 경제 논리에 의한 인간사회와 비슷하다. 그래서 대부분 집이 되는 실리를 추구하면서도 장래에 집이 될 수 있는 세력을 의식하기도 한다. 실리가 많더라도 세력이 없으면 상대의 세력에 의해 자신의 대마가 죽거나, 상대에게 커다란 집을 허용하게 되기 때문이다. 그리고 집이 다소 많더라도 끝내기할 때 방심하여 대충 두게 되면 뒤집히는 수가 발생하므로 끝까지 긴장을 풀어서는 안 된다.

　　또한 바둑 둘 때는 승패 못지않게 최고의 신사다운 예의를 갖추어야 한다. 일단 한번 수를 놓으면 절대 물릴 수 없고, 대국 중에는 누구라도 말할 수 없으며, 이미 승패가 기울었을 때는 적시에 패배를 인정해야 한다. 바둑이 끝난 다음에는 복기하며 상호 간 수순의 문제점을 진지하게 토의하여 가장 원칙에 맞는 정확한 수순을 발견해간다.

이런 매너를 모르고 승패만 쫓는 사람들이 자신이 한번 둔 수를 물리려고 하거나 바둑을 두는 중에 조금 유리하다고 잡담하거나 한눈을 팔고, 승패가 이미 기울었는데도 상대의 실수를 바라고 끝까지 패배를 인정하지 않는 경우가 있다. 그래서 바둑을 두면 그 사람의 성품을 알 수 있다고 하는 것이다.

이렇게 바둑을 통해 소년은 어려웠던 환경 속에서 세상의 이치를 깨닫게 되었고 혼자서 많은 꿈을 그려 나갔다.

특이한 고등학교

사람들은 저마다 학창 시절의 추억이 있다. 그중에 소중한 추억은 자신의 사춘기 시절인 것 같다. 소년은 사춘기를 고교생이 되어 경험했고 집안이 가장 어려웠던 그 시절이 가장 소중한 추억이 되었다. 그런데 그 시절에 다녔던 고등학교는 당시에 상당히 특이한 학교여서 소년에게는 참 감개무량한 시절로 남아있다.

소년이 다녔던 학교는 고교 입시제도 하에서는 서울에서 최하위권 수준이었다가 추첨제로 바뀐 후 우수한 학생들이 많이 입학하게 되면서 좋아지기 시작한 학교였다. 낮에는 남자 중·고교였고, 야간에는 여자고교로 운영되는 재밌는 학교였다. 소년은 형이 그 학교 중학 시절에 성적이 크게 떨어진 것을 보아서인지 처음 그 학교에 배정되었을 땐 학교가 나빠 대학 가기가 어려워진 것 같아 걱정을 많이 했었다.

입학하고 나니 그 학교에서는 대학 진학률을 높여 학교 수준을 올리려고 입학성적이 우수한 학생들로만 특수반을 편성하여 학원식으로 수업을 진행했다. 그런데 입학 전까지 바둑 두며 놀기만 했던 소년은 모든 게 생소한 내용들이어서 놀랐다. 두 달 후 정부 방침으로 특수반이 해체되었으나 소년은 그때 받은 자극으로 인해 스스로 계획을 세워 공부하게 되었다.

학교 수준은 학생들이 좋은 대학으로 진학할 수 있도록 지도할 수 있는 선생님들의 실력에 좌우되었는데 당시 그 학교에는 늘어난 우수한 학생 수에 비해 가르칠 선생님이 부족했다. 그나마 조금 실력이 있는 선생님들은 얼마 근무하지 않고 학원으로 떠나는 경우가 잦아 많은 학생이 과외나 학원 수업으로 대학 진학을 준비했다.

당시 선생님들은 3개 등급으로 평가받았다. 1등급은 대학 본고사 과목인 국어·영어·수학 과목 선생님 중 실력이 있는 분들로, 학교에서도 대우받고 방과 후에도 과외지도로 인기를 누렸다. 2등급은 대학 본고사 과목은 아니지만, 담임을 맡아 학생들의 학교생활에 영향을 줄 수 있는 분들로, 부유한 학부모들에게 대우받았다. 3등급은 본고사 과목 담당도 아니면서 담임도 맡지 않는 분들로, 그야말로 찬밥 신세였다. 그러나 그들은 성적이나 학부모를 보고 학생들을 대하지 않았다. 그래선지 소년은 오히려 그런 선생님들로부터 스승의 모습을 보았던 것 같다.

세월이 흘러 나이가 들면서 역으로 생각해보게 되었다. 선생님들이 보는 학생들은 어땠을까?

아마, 첫째는 공부도 잘하면서 집안도 잘사는 친구였을 테고, 둘째는 공부는 못해도 열심히 하려고 하면서 집안도 잘사는 학생이며, 그다음은 공부는 잘하는데 집안이 어려운 경우일 테고, 가장 최악인 학생은 공부도 못 하는 게 말도 안 듣고 집안도 어려운 학생이었던 것 같다. 소년은 어려운 가정환경이었지만 자기는 최악은 아니었다고 자위하며 웃어본다.

그 학교에서는 당시 고교 교련검열에서 우수한 성적을 거두기 위해 학생들에게 군사훈련을 매우 엄하게 시켰다. 유능한 교련 선생님들의 지도하에 학생들은 방과 후에도 수준에 도달할 때까지 계속 훈련받아야 했다. 그때 소년은 제식훈련을 하며 선배들과 교련 선생님들에게 혼나고는 나중에 군대에 가서 어떻게 견디나 하고 걱정을 많이 했었다. 훗날 어쩔 수 없이 직업군인으로 살아가게 될 줄도 모르고.

대학 진학을 위해 남들처럼 과외나 학원에 다닐 수 없었던 소년은 고교 3년 동안 거의 학교에 남아서 지냈다. 소년에게는 어두운 교실에서 공부하면서 학교 운동장에서 휴식을 취하며 미래를 꿈꾸었으며 학교 앞 라면집에서 허기를 때웠던 시절이 아련하다. 그렇게 열악한 환경이었지만 소년은 소위 명문대학으로 평가받는 곳에 진학하면서 그 학교에 대한 부정적인 생각은 사라지고 사춘기의 소중한 추억으로 자리 잡게 되었다.

그러면서 세상에 나쁜 학교는 없고 오직 학생 자신이 하기 나름이라고 생각하게 된 것이다.

방랑 생활의 시작

어린 시절 큰집에서 사는 부자인 줄 알았던 소년은 엄마가 세상을 떠난 후 점차 끼니를 걱정하게 되었다. 고교 1학년 가을에는 집달리가 몇 개 되지도 않는 집안 살림에 차압 딱지를 붙이고 가더니 얼마 지나지 않아 거리에 내앉는 신세가 되어 버렸다. 그때부터 소년의 방랑은 시작되었다.

집이 넘어가 버리자 아버지와 형은 각자 아는 지인의 집으로 갔고, 소년과 소년의 누이는 사촌 큰형 집에서 고2인 사촌 형과 한방에서 기거하게 되었다. 그때 소년은 남의 집에 얹혀 사는 것이 얼마나 서글픈 것인지 알게 되었고 더 이상 아버지 가 보호자가 될 수 없음을 깨닫게 되었다. 두어 달쯤 지내다가 너무도 답답해서 그 집에서 나와 아버지가 있는 곳으로 갔는 데 그가 혼자 지내고 있는 것이 아니어서 소년은 그 곁에 머물 수 없다는 것을 알았다. 그래서 친구 집에서 잠시 지내다가 아 버지가 준 돈으로 사립독서실에서 기거하며 지내게 되었다. 그 전에도 사립독서실에서 공부한 적이 있었지만, 막상 잘 곳이 없 어 독서실에서 지낸다고 생각하니 비참한 생각이 들어 공부가 거의 되지 않았다.

겨울방학이 되어서는 경기도 부천의 화원 비닐하우스에서 친구 2명과 같이 풀빵 장사를 하며 지냈고, 개학이 되어서는 아버지가 전세 단칸방을 얻어 네 식구가 한방에서 지내게 되었 다. 그때 못사는 사람들이 온 식구가 한방에서 지내는 심정을 알게 되었다.

1년 뒤에는 생활비가 떨어져 월세로 옮겼고, 몇 달 후에는 월세가 밀려 보증금을 내준 채 소년을 제외한 식구들은 큰집 에서 운영하는 시곗줄 공장이 있는 김포시로 가버렸다. 소년이 고3이던 여름방학 때였다. 잘 곳이 없어 학교 도서관에서 자려고 하니까 수위아저씨들이 사정을 듣고는 숙직실에서 재워주어 여름방학을 보냈다. 그때 선생님들보다 수위아저씨, 매점아저씨, 서무실 누나 등이 걱정해주던 모습에서 어려운 사람들이 어려운 사람을 배려한다는 것을 알게 되었다.

개학쯤에 아버지가 하숙비를 구해와 학교 뒤 하숙집에서 두 달을 지내다가 육사 시험에 합격한 후에는 수유리에 있는 작은 외삼촌 댁 다락방에서 외사촌 형과 함께 지내다가 입대 전에는 취직한 형이 얻은 가리봉동의 단칸 월세방에서 며칠을 지냈다.

사람들이 학창 시절 중 가장 중요하다고 하는 고교 시절에 소년은 졸지에 방랑자가 되어 12번을 옮겨 다니며 살아야만 했다. 처음에는 비참하게 느꼈지만, 아버지가 더 이상 자신의 보호자가 될 수 없다는 것을 깨달은 후부터는 슬퍼하지 않았다. 소년은 그것을 자신의 운명으로 받아들였고 오히려 힘들어하며 살았던 아버지를 격려하며 당당하게 살아가기 시작했다.

그래서 어릴 때 고생은 사서 한다고 했던가.

풀빵 장사
....

고 1 겨울방학을 앞두고 딱히 지낼 곳이 없었던 소년은 괜찮은 제안을 받게 된다. 당시 교과서 대금 중 일부를 착복했던 비리가 발각되어 납부한 대금 일부가 학생들에게 환불되었다. 돈은 단과학원 한 달 비용 정도였다. 한 친구가 3명의 환불금으로 자기 아버지 화원이 있는 부천에서 풀빵 장사를 해서 돈을 모아 여행을 가자고 했다. 장사 준비를 위해 동업자 3명이 영등포시장에 가서 호떡 장사하는 아저씨에게 하루 수입액과 장사 준비에 얼마나 드는지를 물어봤다. 3명이 환불받은 총액에서 준비가 가능했고 하루 수입도 생각보다 많아 소년은 돈을 벌어서 여행을 갈 수 있겠다는 희망을 품고 동참하게 되었다.

영업장소는 그 친구 아버지가 운영했던 부천의 화원 부근이었다. 셋은 풀빵 만드는 장비를 구입하여 그곳으로 가서 화원 관리실에서 일하는 직원과 함께 기거하며 장사 준비를 했다.

그런데 막상 풀빵에 들어갈 밀가루 반죽과 팥을 만드는 것에 대해 제대로 알아보지 않아 며칠간 실패를 반복하다가 우선 되는대로 만들어 장사를 나가기로 했다. 그들에게는 식량이 며칠 분밖에 없었기 때문에 풀빵을 팔아 번 돈으로 식자재를 구입하여 해결하기로 했던 것이다.

처음 장사를 나갔던 곳은 부천의 소사극장 앞이었다. 지금은 번화가가 되었지만, 당시는 허허벌판에 극장 건물만 있었다.

그래도 그들은 영화 보러 오는 사람들이 있으니 기본 매출은 되리라 기대했었다. 저녁 5시부터 영업을 시작했는데 3시간이 지나서야 손님 2명이 와서는 풀빵 한 개씩만 사 먹고 가버렸고, 이후 2시간이 지나 2명이 왔는데 또 한 개씩만 사 먹고 가버렸다. 결국 그날 밤 11시까지 총매출액은 풀빵 4개 값 80원이었다. 그것은 영등포에서 호떡 장사 아저씨가 말한 하루 매출액의 0.2%밖에 안 되는 초라한 매출이었던 것이다. 그래서 그들은 사람들이 풀빵을 먹으러 와서 왜 한 개씩만 먹고 갔을까 의아해하며 자신들이 먹어보고는 손님들이 그냥 가버린 이유를 알게 되었다.

다음날에는 반죽에 좀 더 신경을 써서 만들어 장사를 나갔다. 그랬더니 첫날보다는 나은 800원을 벌었으나 그것 가지고는 끼니조차 해결할 수가 없었다. 그래서 영업장소를 관람객이 별로 없는 극장 앞보다는 사람들이 거주하는 마을 입구로 옮기기로 했다. 그 와중에 동업자 중 한 명은 집으로 돌아갔다. 그러나 소년은 갈 곳이 없었기에 계속 남아서 장사를 하기로 했다.

마을 입구로 옮기고 나니 매출액이 몇천 원대로 올랐으나 여행 갈 경비를 모을 수는 없고 그저 끼니나 해결할 정도였다. 소년도 그만두려고 서울에 며칠간 다녀왔더니 그 친구는 호떡으로 메뉴를 바꿔서 그럭저럭 장사하고 있었다. 그는 사람들이 자주 다니는 동네 어귀의 괜찮은 목에 자리를 잡고서는 여성들에게 살갑게 대하여 단골손님이 어느 정도 생긴 상태여서 소년은 다시 장사에 동참하게 되었다.

그렇게 고1 겨울방학 동안 애초 계획대로 풀빵 장사로 돈을 벌어 여행을 가지는 못했지만, 끼니는 해결했고 이따금 간식도 사 먹으며 지냈다. 짧은 기간이었지만 소년에게는 장사해본 유일한 경험이었고 장사를 어떻게 해야 하는지를 알게 되었다.

세월이 지난 뒤 돌아보니 음식 장사에 성공하려면 지역에 매출을 올릴만한 사람들이 있는 곳에서 그들이 좋아하는 메뉴로 선정하여 맛있게 만들어야 하고, 손님들에게 호감으로 대해야 또 오게 되거나 다른 사람들에게도 알려주게 되며, 항상 정해진 시간에 가면 사 먹을 수 있다고 생각하도록 영업시간을 지켜야 한다는 것, 그리고 처음 장사를 하는 경우에는 단골이 생겨 기본 매출이 유지될 때까지는 의식주를 해결할 수 있는 여유자금이 있어야 버틸 수 있다는 것을 알게 되었다.

그렇게 집이 없어 제대로 지낼 곳이 없었던 시기에 좁은 비닐하우스에 기거하며 장사를 해서 번 돈으로 쌀을 사서 밥을 해 먹었던 그 시절은 소년에게 푸근한 추억으로 남아있다.

권력에 대한 도전

소년이 어린 시절엔 어른들이 꼬마들을 보면 귀엽다는 표현으로 고추를 만져보고 용돈을 주곤 했다. 소년에게도 어른들이 그리 대한 적이 있었다. 그때마다 왠지 기분이 나빴지만, 소년은 부모님을 생각해서 참았었다.

그런데 하루는 한 살 위 사촌 형과 놀고 있는데 잘 모르는 아저씨가 집에 들러서는 고추를 만지려는 것이었다. 먼저 사촌 형 고추를 만졌는데 당황한 그는 울고 말았다. 그 모습을 보고 소년은 그 아저씨에 대한 적개심이 들어 소년의 고추를 만지려 할 때 "에이 씨, 아저씨가 뭔데 맘대로 남의 고추를 만지려고 해요!" 하며 소리를 지르며 화를 냈더니 그 아저씨는 당황하여 얼굴이 빨개져서 가버렸다. 나중에 알고 보니 그는 큰집에 볼일 보러 온 동네 아저씨였다. 그래서 소년은 부모님께 꾸중을 들을 줄 알았는데 오히려 대견스러워하시는 모습을 보고 소년은 자신이 잘한 것으로 생각하게 되었다.

2남 1녀의 막내였던 소년은 어릴 적부터 형이 시키는 대로 하며 자랐다. 그러면서 잘못했다고 형에게 제법 맞기도 했는데 때론 자신이 왜 잘못했는지 모를 때도 있었지만, 당시는 자신이 체구도 한참 작았고 힘도 없었기에 그저 형의 처분대로 따를 수밖에 없었다. 그러다 고교 1학년이 되어 소년도 어느덧 형처럼 커지자 반발하게 되었다. 그래서 한번은 형이 공부를 열심히 안 해서 성적이 떨어졌으니 정신 차려야 한다며 때리려고 할 때 "형, 이젠 말로 합시다!" 했더니 그때부터 형이 다시는 때리지 않았다. 그래서 소년은 자신의 의사를 정확히 표현하면 억울하게 맞지 않는다고 생각하게 되었다.

초등학교 시절부터 학교생활을 별 물의 없이 보통 학생으로 지냈던 소년은 중학 시절에 새로운 상황을 보고 나서 점차 자신의 주관이 강해져 갔다. 당시에는 3공화국 시절이라 학교에서 선생님들이 체벌하는 것이 당연시되었다. 한번은 영어 시간에 여자 선생님이 지시봉으로 숙제를 안 해온 학생들의 손바닥을 때리던 중에 한 학생이 맞을 차례가 되었는데 손을 내밀지 않자 선생님이 화를 내며 "왜 손을 안 내미느냐?" 하니까 그가 맞기 싫다고 말했더니 흥분한 선생님이 지시봉으로 그의 등짝을 치려고 해서 그가 물러서며 피하니까 이어 선생님이 재차 쫓아가며 지시봉을 휘두르자 그는 아예 교실 뒷문으로 나가버렸다. 그 당시 반 학생들 모두 긴장하고 있었는데 그 후로 그 선생님은 체벌하지 않게 되었다. 그래서 당시 공부도 잘하지 못했고, 키도 보통이었으며 운동도 잘하지 못했던 그였지만, 선생님의 체벌을 당당히 거부함으로써 체벌이 사라졌다는 것을 알게 되어 반 친구들 모두는 그를 대단하게 생각하게 되었다. 그 때 소년은 힘이 없어도 정당한 것이 승리한다는 것을 보게 되었던 것이다.

소년이 고교 시절에 한 번은 몸살 걸린 친구가 여자 양호 선생님과 야간 여고에 다니는 여학생이 급사로 근무하고 있는 양호실에 가기를 수줍어해 함께 들렀던 적이 있었다. 그때 수업을 받기 싫어하는 꾀병 환자가 온 것으로 오해한 양호 선생님이 "너희들도 꾀병 환자지? 요령 부리지 말고 얼른 수업 들어가라."라고 하여 소년이 "아파서 양호실에 온 학생에게 진료도 해주지 않고 가라고 하느냐?" 하며 화를 냈더니 그녀는 놀란 듯 "어머나, 애, 지금 나한테 덤비는 거니?" 하길래 소년은 아파서 온 환자의 상태를 먼저 진료해주는 것이 맞는 게 아니냐고 말하고 돌아온 적이 있었다.

그렇게 끝난 줄 알았는데 그게 끝난 게 아니었다. 다음 날 군기 담당인 체육 선생님이 소년에게 양호실에서 왜 소란을 피웠냐고 물어보기에 자기가 잘못해 놓고 오히려 소년에게 뒤집어씌우는 양호 선생님에게 화가 나서 자초지종을 설명하는 중에 다소 목소리가 높아졌는데 그 모습이 건방지게 보였는지 며칠 후 곱빼기로 얻어터지는 일이 벌어지고 만 것이다.

하루는 소년의 분단이 청소 담당이어서 청소를 마친 후 당직 선생님의 점검을 기다렸는데 30분이 지나도 오시지 않아 소년은 다른 친구들이 계속 기다리고 있는 상황에서 먼저 집으로 와버렸다. 그런데 그날 당직은 며칠 전 양호실 사건을 물어봤던 그 체육 선생님이었던 것이다. 다음날 등교하여 그 선생님이 불러서 갔더니 어제 왜 청소점검을 안 받고 갔느냐고 묻기에 소년이 "청소는 다 했고 선생님 점검을 기다리다가 안 오셔서 갔다."라고 답하는 순간 그가 귀싸대기를 한 대 갈기며 "이 자식은 지난번 양호실 건을 물어봤을 때도 그러더니 말끝마다 말대꾸하네." 하는 것이었다. 그 순간 소년도 화가 나서 왜 때리냐고, 자신이 무엇을 잘못했느냐고 따졌는데, 그때마다 소년은 권투선수가 링에서 얻어맞듯이 대항을 못 하고 무참히 두들겨 터졌던 것이다. 그때 순간 든 생각은 더 이상 맞지 않으려면 잘못했다고 말해야 한다는 것이었다. 그래서 "선생님, 잘못했어요." 했더니 그는 권투선수에서 온화한 선생님으로 바뀌어 "그래, 네가 잘못을 알면 됐다. 선생님이 네가 미워서 때렸겠냐? 다 너 잘 되라고 그런 거다."라고 했다. 그날 집에 오는 길에 정말 힘없는 사람은 이렇게 잘못 없이도 마구 맞을 수 있고, 힘있는 사람의 생각에 순종할 수밖에 없겠다는 생각이 들어서 매우 서글펐다.

외로웠던 소풍

학창 시절 소풍은 학생들이 제일 좋아하는 날이었다. 그러나 엄마가 없던 소년은 그날이 부담스럽고 외롭게 느껴졌다. 왜냐하면 소풍 가면 김밥과 간식거리를 가져와 점심을 먹게 되는데 평상시 도시락으로 맨밥에 김치나 단무지만 가지고 갔던 소년은 소풍 때도 그렇게 가져가는 것이 부끄러워 그냥 맨몸으로 가서 몇 명의 급우들에게 김밥을 얻어먹곤 했던 것이다.

그런데 고2 가을 소풍 때는 가서 만취되어 버린 사건이 발생했다. 이전 소풍 때와 마찬가지로 소년은 맨몸으로 가서 점심때 급우들에게 김밥을 얻어먹으려 했는데, 그날은 소년처럼 몸만 온 친구들이 3명 더 있어서 그들 중 한 친구가 얻어먹지 말고 그냥 우리끼리 돈 걷어 간식거리를 사다 먹자고 하여 4명이 간식거리를 들고 숲으로 들어갔다. 그런데 간식거리에 맥주 몇 병이 있었던 것이 문제가 되었다. 몇 잔 마시면 기분이 좋아질 거라는 생각에 마시던 중, 그곳에 놀러 온 아저씨들이 옆자리에서 막걸리를 드시며 "총각들도 와서 한잔 하라." 하고 권하여 맥주를 마셔서 다소 알딸딸한 상태에서 냉큼 막걸리를 받아 마셔버렸던 것이다. 그래서 더욱 몽롱해지며 몸이 나른해졌는데 한 친구가 그새 가게에서 추가로 소주를 사 와 취한 상태에서 독한 줄도 모르고 몇 잔을 마시다 3명 모두 쓰러져 잠들어 버렸다.

점심시간이 끝나고 집합 시간이 지나도 그 4명의 학생이 나타나지 않자 선생님들이 전교생에게 그들을 찾게 하여 숲속을 소리치며 수색하던 중 술을 마시지 않아 깨어있었던 한 친구가 위치를 알려주어 만취된 3명의 학생은 등에 업혀 집결 장소로 내려오게 되었다. 취한 소년을 본 담임 선생님이 어이가 없어 하며 귀뺨을 몇 대 쳤는데 하나도 아프지 않아 헤벨레 웃었나 보다. 그 모습을 본 담임 선생님이 "이 녀석, 아주 맛이 갔구나." 하시며 냇가에서 세수하게 한 후, 힘센 급우에게 업어서 귀가시키도록 하여 집에 오게 되었다.

소년은 그때 왜 그리 취하도록 마셨는지 몰랐다. 단지 낮술 먹으면 무지하게 취한다는 것밖에는 알지 못했었다. 그러다 세월이 흐르자 조금씩 알게 되었다. 홀로 외로웠던 소풍날 똑같이 도시락을 못 싸 온 동지들을 만나 서로 반가운 마음에 그리도 취해버렸다는 것을.

그래선지 소년은 아직도 그때 같이 취해버렸던 그 친구들의 마음에 취해있는 것 같다.

직업군인 대학교 선택

．．．．．．．．．．．．．．．．．．．．．．．．．．

고교 1학년 때부터 교련 시간이 재미없고 힘들기만 하다고 느꼈던 소년은 고3이 되면서 어쩔 수 없이 직업군인이 되어야 하는 대학을 선택하게 된다. 고3이 되자 소년의 아버지는 당시 고교교사였던 큰조카가 가난한 집안에서 출세하려면 육사에 가야한다는 말을 듣고 그 학교에 진학하기를 무척이나 원했다.

그래서 아버지는 소년에게 "한국에서 출세하려면 육사를 나와야 한다. 박정희 대통령이 그렇지 않느냐."라고 얘기했던 것이다. 그러나 소년은 그런 말이 대학에 보낼 경제적 능력이 안 되는 아버지의 바람일 뿐인 것을 알고 있었다. 그래서 처음에는 싫다고 했는데 친척들 모두가 어려운 집안 형편에 일반대학교에 갈 수가 없으니 그 학교에 가야 한다고 말하여 소년은 고민하게 되었다. 대학을 선택해야 할 시기에 직업을 정해야 했으니.

그러던 중 문득 국어 시간에 한용운 스님의 「님의 침묵」에 대해 설명해준 선생님의 강의내용이 떠올랐다. 그 시에 나오는 '님'이란 국가를 의미하지만 넓은 뜻으로 보면 인간에게 절대적인 가치를 지닌 존재를 의미한다는 것이었다. 그때 소년은 그렇다면 자신의 인생 목표를 '무엇이 되기 위하여'가 아니라 '무엇을 하기 위하여'로 바꾼다면 군대에서도 조직에 필요한 역할을 하면서 살아갈 수 있겠다고 생각하게 되었다.

그렇게 생각을 정리하고 나서 원서접수 마지막 날에 그 학교에 지원서를 제출하게 되었다. 그 길이 자신이 가야 할 길이라고 스스로 정리하면서.

믿지 못했던 사람들

소년이 지원했던 학교는 원서 대금이 일반대학의 1/20인 500원이었고, 4년 동안 숙식 제공에 월급도 주며 대학 과정을 교육 후 취직도 시켜주었기에 지원자가 많았다. 그때 30대 1 정도의 경쟁률을 보였다. 시험은 당시 대학교가 국어·영어·수학만 치렀는데 그 학교는 추가로 정치경제·국사를 치렀고, 수학 시험은 일반대학보다 훨씬 많은 문제가 출제되었다.

시험을 치르던 날, 끝내고 나오는데 소년의 형이 마중 나와 있었다. 소년은 그때 수학 시험 문제를 다 풀지 못한 아쉬움에 무심코 형에게 "수학 두 문제를 못 풀었네." 하며 되뇌듯이 말했다. 그런데 그날 아버지가 계신 곳에 가보니 아버지뿐만 아니라 친척 모두가 시험을 못 봐 합격하기 힘들 것으로 생각하고 있었다. 특히 소년의 아버지는 '대학 보낼 돈이 없는데 떨어지면 어쩌나?' 하는 걱정에 잠을 이루지 못하는 것이었다. 그래서 소년은 아버지에게 수학 시험 15개 문제 중 두 문제만 못 풀고 나머지는 다 풀어서 시험을 매우 잘 본 것이라 꼭 합격하게 되어 있으니 걱정하지 마시라고 했으나 소년의 아버지는 그 말을 믿지 않았다. 게다가 친척들 모두 "시험을 못 봤다고 들었다."라며 "잘 되겠지." 하고 위로하듯 말하여 소년은 정말 답답했다. 왜 사람들이 시험을 본 당사자 말을 듣지 않고 자신들의 생각대로 못 본 것으로 판단하는지.

대학교 본고사가 시행되던 당시 소년이 다니던 고교는 고3 때 본고사 과목보다 지역별 대학 응시 자격시험인 예비고사에만 대비한 교육으로 진행했다. 그러다 보니 정작 고 3 담임 선생님조차 소년의 본고사 과목 실력을 알지 못했다. 고2 때 성적을 보면 알 수도 있었겠지만, 학교에 한 번도 오지 않았던 학부모의 자식에게까지 그런 노고를 할 필요가 없었을 것이다. 그래서 그 담임 선생님은 소년의 아버지에게도 그 학교에 합격할 수준이 안된다고 확신하듯 말했고, 합격자 발표가 나던 날 소년이 합격 소식을 학교에 알리러 갔을 때도 소년을 보더니 같은 반 다른 학생의 결과만 물어보고는 안 됐다고 하니까 실망하면서 퇴근해 버렸던 것이다. 소년에게는 물어보지도 않은 채.

그날 그래도 유일하게 축하해준 선생님이 있었는데 그는

전에 버릇없이 말대꾸 한다며 소년을 무참히 때렸던 체육 선생님이었다. 그는 소년을 보자마자 "합격했다며, 너는 꼭 붙을 줄 알았다."라고 말해주어 소년은 너무나 고마워서 맞았을 때의 서운함이 다 사라져 버렸다.

그때 처음부터 소년의 실력을 알아주었던 이들은 함께 학교생활을 했던 친구들이었다. 단지 그들은 소년이 그 학교를 지원해서 놀랐다고만 했을 뿐이었다.

훗날 소년은 순진해서 항상 진실만을 말하는 두 살 위 누나에게 물어보았다. 그랬더니 '그때는 먹고 살기가 하도 힘들어서 네가 그렇게 공부를 잘했는지 몰랐다.'라고 하여 조금은 이해가 되었다. 보통 사람들이 생각하기에 고교 시절 12번씩이나 거주지를 옮겨 다니며 겨우 생활하는 집안에서 제대로 공부를 할 수 없었을 것으로 생각하는 게 당연한 것일테니.

제2장

사관학교에서

운명의 시작

사관학교 1차 필기시험에 합격한 소년은 20여 일 후 2차 시험으로 신체검사와 체력검정 및 면접을 보았다. 그런데 신체검사를 받다가 소년은 충격을 받았다. 고1 때 나안 시력이 0.7이어서 합격 기준인 0.4 이상은 충분히 나오겠다고 생각했는데 안경을 벗고 검사표를 보는 순간 제일 큰 표기 내용도 보이지 않는 것이었다. 시력검사 결과는 합격 기준에 한참 미달인 0.1로 나왔다.

신체검사가 끝나고 불합격자 발표를 기다리며 소년은 앞으로 어떻게 해야 할지 막막하기만 했다. 그런데 불합격자 공고문에 소년의 수험번호가 없었다. 소년은 왜 자신의 시력이 합격 기준에 한참 미달인데도 불합격되지 않았는지 이해가 되지 않았지만 어쨌든 다행으로 생각하며 돌아왔다.

그러나 체력검정에 이어 마지막 날 치러진 면접에서 소년은 불합격될 발언을 하고 말았다. 대여섯 개의 방에서 분야별 면접을 마친 소년은 마지막으로 당락을 결정할 최종 결정권자인 한 장군(생도 대장)의 질문에 엉뚱한 답변을 하고 만 것이다.

그 장군이 "자넨 왜 사관학교를 지원했는가?" 하는 질문을 하기에 면접관의 예상 질문에 대한 준비가 전혀 없었던 소년은 아버지가 한국에서 출세하려면 육사에 가야 된다고 한 말을 생각하며 "정치를 하고 싶어서 지원했습니다."라고 답변했더니 그는 "이곳은 군의 지휘관을 양성하는 곳이지, 정치가를 양성하는 곳이 아니네. 자넨 잘못 지원했구먼." 하는 게 아닌가. 그래서 소년은 결정적으로 잘못 답변하여 떨어지겠다고 생각하며 집으로 돌아왔다. 그런데 최종 합격자 명단에 소년의 이름이 있었다.

사관학교에 입학 후 첫 수업을 받고 나서 소년은 신체검사에서 자신이 왜 합격하였는지를 알게 되었다. 소년이 수업받던 교실에는 안경을 낀 동기생이 몇 명 더 있었는데 수업이 끝나고 시력이 자격 미달인데 어떻게 합격이 되었는지 물어봤더니 당시 1차 필기시험 발표가 난 후 이틀 뒤 박정희 대통령 서거 사건이 발생하여 다수의 우수자원이 2차에 응시하지 않아 필기시험 성적이 좋은 지원자들에 한해 시력이 나쁜 30여명은 합격시켰다는 것이었다.

그러나 면접 때 불합격될 만한 답변을 하여 잘못 지원했다고 지적했던 그 장군이 왜 자신을 합격시켰는지는 지금까지 모르고 있다. 그저 그것이 당시의 상황에서 소년이 걸어야 할 길이었다는 생각만 하고 있는 것이다.

그렇게 아무 준비도 하지 않았던 소년은 불과 4개월 만에 자신이 전혀 생각하지 않았던 직업군인의 삶을 살아가게 되었다.

엄격한 생도 생활

1980년도 초에 소년은 가족과 마지막으로 잠시 살았던 가리봉동 단칸방에서 아버지께 큰절하고 홀로 나와 태릉으로 향했다. 도착해서 전국에서 모인 젊은이들을 보니 이제 새 삶이 시작되는가 하는 생각이 들었다. 도착한 첫날 군복으로 갈아입자마자 곧바로 군사훈련이 시작되었다. 그것은 사관학교 입학을 하기 전에 군인으로서의 기본을 훈련하는 과정으로 한 달간 진행되었다. 입대 전까지 집이 없어 떠돌며 규칙적인 생활을 거의 하지 못했던 소년은 시간 계획에 의해 바삐 돌아가는 생활을 쫓아가기에 바빴다.

사관학교의 기초 군사훈련은 일반병의 신병훈련 과정과 유사하게 진행되었으나 차이점은 모든 내무생활 지도를 3년 선배 생도가 전담하고 사관생도의 품위에 대해 중점적으로 정신교육을 하는 것이다.

예를 들면, 말을 할 때 '다'와 '까'로 끝나는 직각 언어를 사용해야 함은 물론 식사나 보행도 직각으로 해야 하며 복장도 항상 단정하게 착용하도록 교육하는 것이었다. 군인이 되겠다는 준비가 부족했던 소년은 훈련 기간 중 선배의 지시에 눈치 빠르게 행동하지 못하고 동작도 굼떠 기합을 많이 받았다.

그러나 소년은 조금도 힘들어하지 않았다. 그곳에서는 의·식·주에 대해 걱정하지 않아도 되었을 뿐만 아니라 부잣집 자식이나 가난한 집 자식 모두가 똑같이 대우받게 되어서 소년은 집에 있을 때보다 훨씬 나아진 생활을 누릴 수 있었기 때문이다.

입교식 후 정식 생도가 되어 갖가지 생도 복장과 비품을 받고 소년은 자신이 조금은 출세했다는 생각이 들었다. 입학식 전 기초 군사훈련 기간에는 전투복으로만 생활했는데 입교식을 하고 나니 2인 1실의 숙소에 각종 복장 및 생활용품과 학과 수업을 위한 교재와 필기도구 등을 받아 들뜬 마음으로 정리하면서 아버지가 '가난한 아이들이 출세하려면 육사에 가야 한다.'라고 했던 말이 맞았다는 생각이 들었다.

그러나 입학 후에는 선배들과 같이 생활하게 되어 기초 군사훈련을 받을 때보다는 훨씬 어려웠다. 내무생활은 야전부대와 유사하게 4개 학년 생도들이 16개 중대로 편성되어 각 중대는 4학년 생도들의 지휘하에 생활하고 있었다. 4학년 생도들은 지휘자 역할을 하고, 3학년은 4학년을 보좌하며 1~2학년 생도들을 통제하여 내무생활을 하게 되어있다. 실제 모든 작업 및 청소 등은 행동대원 격인 1~2학년들이 도맡아 하는데, 2학년 생도들은 1학년 생도들에게 모든 행동 요령을 현장에서 가르치는 역할을 하며, 1학년 생도들은 처음이라 모르기 때문에 2학년 선배들이 지시하는 대로 배워가며 따라 해야 한다. 그렇다 보니 1학년 때는 무조건 시키는 대로 해야만 했기에 적응하기가 쉽지 않았다. 오전 6:00 시에 기상해서 점호 행사를 하기 전 10분 동안 침구 등 내무실 정리 정돈을 해야 하고, 점호 행사 후에는 20분 이내에 세면과 내무실 및 담당구역 청소를 한 다음 식당에는 06:50분에 도착하여 분대원 8명의 밥과 국을 배식하여 식사 준비를 하면 순차적으로 2학년-3학년-4학년 순으로 입장 후 07:00 시에 식사하게 된다. 식사 후에도 1학년 생도는 밥과 국그릇을 잔반 처리한 후 맨 마지막에 식당에서 나오게 되며 일반학과 수업을 받으러 가기 위한 학과 출장 집합은 07:40분에 하여 중대별로 4학년 지휘 근무 생도의 지휘하에 교실이 있는 지역으로 분열 대형으로 이동하게 된다. 이렇게 1학년 생도는 제일 먼저, 제일 많이 움직여야 하므로 1학년 초에 생도 대부분은 아침 세면을 제대로 하지 못하고 뛰어다니는 경우가 많았다.

생도 생활 간 체력단련을 위해 구보는 매일 일조점호 후 2㎞를, 매주 금요일엔 단독군장으로 10㎞를 하거나 완전군장으로 6㎞를 하는데 발을 맞추어 뛰면서 군가를 크게 하는 것이 힘들었다.

분열은 매주 토요일마다 생도 의식을 하면서 소총을 메고 발과 팔 동작을 맞추며 행진하는데 제식동작이 서툰 1학년들은 많은 어려움을 겪어야 했다.

매주 토요일 오전에는 생도들 내무실의 정리 정돈 상태를 점검하는 내무검사가 있어 금요일 저녁부터 내무검사가 끝날 때까지 1학년 생도들은 가장 바쁜 시간을 보냈다. 먼저 담당구역 청소를 하는 데, 세제를 사용하여 깨끗이 닦아내고 창문 유리창 등의 각종 먼지를 제거해야 한다. 이후 각 내무실 대청소로 바닥, 유리창, 군화 손질 등과 개인 속옷 세탁을 하고 세탁소에 맡겨지는 각종 피복류 수거 및 분배도 해야 한다.

소년에게 가장 힘들었던 것은 잠자는 시간에 일어나 경계근무를 서야 하는 것이었다. 1학년의 경우 격일제로 00:00~04:00 시에 일어나 1시간씩 경계근무를 하게 되어있어 다음 날에는 쪽잠을 잔 것 같아 무척 피로하게 느꼈던 것이다.

1학년 생도들은 군인의 기본자세가 일정 수준에 오르는 2학기가 되어야 비로소 영외 외출이 가능하게 되어있어 1학년 1학기가 끝날 때까지는 거의 수도원 생활을 하는 것과 유사하다고 볼 수 있다.

그러다 1학년 2학기가 되어 어느 정도 내무생활 요령이 숙달되면 자율적인 부분이 많아져 조금씩 여유를 갖게 되고 학년이 오를수록 내무생활 부담이 적어지게 되어 점차 생도 생활의 낭만을 느낄 수 있게 된다.

생도 생활은 4년 동안 엄격한 내무생활 규정뿐만 아니라 3금 제도가 시행되어 이성과의 성관계, 음주, 흡연을 금지해야 하는 수도 생활이다. 소년이 1학년 때 면회하러 왔던 고교 친구에게 생도 생활에 대해 얘기해줬더니 자신은 도저히 그런 생활을 하지 못하겠다고 말하기도 했다. 그러나 소년은 생도 생활이 행복했다. 그곳에서는 가난했던 소년이 집에서 누릴 수 없었던 혜택을 누리게 해주었기 때문이다. 그래서 세월이 흘러도 소년은 가난한 집 자식인 자신을 현재까지 키워준 그 학교와 그 학교를 있게 한 조국에 감사한 마음을 갖고 살아가고 있다.

배고팠던 입학식

1980년도 1월 말에 입대하여서 한 달 간의 군사훈련을 마친 소년은 3월 초에 정식 사관생도로 인정받는 입학식을 맞이하게 되었다.

입학식 후에는 행사에 참석한 가족들과 만나 면회하며 식사하게 되어있었다. 입학식이 끝나고 소년은 동기생들과 함께 연병장 사열대 뒤 도로에서 일렬로 서서 가족을 기다렸다. 한 시간이 지나고 거의 모든 생도가 가족들을 만나 그곳을 떠났는데도 소년의 가족은 오지 않았다. 소년은 가족이 면회하러 오지 않은 또 한 명의 동기생이 있다는 것을 위안으로 삼고 안내를 나온 선배를 따라 내무실로 돌아왔다. 이후 영내 식당에 가서 식사하려는데 가족들이 면회하러 왔다는 방송 전달을 들었다. 입학식 행사가 끝난 지 두 시간이 지나서였다.

면회실에 가보니 아버지와 형, 그리고 형 친구가 와 있었다. 그런데 그들은 남자들만 와서 그런지 먹을 것을 아무것도 안 가져온 것이다. 소년은 공원 잔디에 앉아 매점으로 음식을 사러 간 형과 형 친구를 기다렸다. 한 시간가량 지나 그들이 왔는데 빵과 음료수뿐이었다. 매점에는 식사 종류가 없었던 것이다.

그래서 그들은 다시 학교 밖으로 나가 한 시간 후인 오후 3시가 지나서야 통닭과 김밥을 사서 왔다. 소년은 입대하여 훈련기간 한 달 동안 점심을 12시에 먹어왔고, 육체적으로 힘들었던 시기였기에 3시간 넘도록 밥을 못 먹으니 몹시도 배가 고팠다. 그래서 그들이 사 온 통닭과 김밥, 빵까지 다 먹어 버렸다. 그리고 면회를 끝내고 돌아오니 저녁 식사 시간이 되어 식당에서 저녁을 먹었고, 신입생 환영회가 열리는 강당에 도착하니 선배들이 준비한 빵과 음료수가 있어 그것도 다 먹어버렸다. 환영회가 끝나고 내무실로 돌아와 자려고 하는데 배가 너무 아팠다. 과식으로 배탈이 난 것이다. 어려서 먹을 것이 없어 굶기도 했던 소년이 그날은 너무 많이 먹어 탈이 난 것이다. 너무나 배고팠던 시절의 심리가 탈이 나게 했던 것일까.

그런데 나중에 그날 면회하러 온 가족들도 무지 배가 고팠다는 것을 알게 되었다. 그들은 그날 돈이 없어 벌집 방에 있던 흑백 TV를 전당포에 맡기고 2만 원을 받아오느라 늦게 왔던 것이었다. 점심을 못 먹고 와서 면회하며 함께 먹을 생각으로 음식을 사 왔는데 소년이 전부 다 먹어버려서 그들은 그날 저녁때까지 한 끼도 먹지 못했다는 것이 아닌가.

그래선지 소년은 배탈이 났던 입학식을 생각하면 온종일 굶었던 가족들이 생각나서 아직도 배고파진다.

1980년도 봄에는

1979년 12월 12일, 군사쿠데타가 지나고 1980년도 초에 입대한 소년은 그해 봄에 졸병 생활을 하느라 정신없이 보냈다. 세상이 어찌 돌아가는지도 모르고.

한번은 주말 구보를 하는데 출발 전에 지휘자 선배가 "오늘 구보 코스인 모 여대 앞에는 우리들을 환영해주러 많은 여학생이 나와 있으니 기대하라."라고 하여 많은 생도가 들뜬 마음으로 구보를 출발했다. 구보하며 모 여대 앞을 지날 때 정말로 많은 여학생이 도로변에 나와 있어서 내막을 잘 몰랐던 소년은 신이 나서 힘차게 군가를 부르며 즐거워했다. 그러며 사관 생도들이 여학생들에게 대단히 인기가 있는 줄로 알았다. 얼마나 생도들을 좋아하면 구보하는데 도로변에 그리도 많은 여학생이 나와서 환영하는가 하고.

그런데 며칠 후에 면회하러 온 고교 친구에게 소년은 이상

한 얘기를 듣게 되었다. 그는 당시 전라도 지역에 있는 대학에 다니고 있었는데 전두환 정권이 어쩌고저쩌고하며 당시 집권 세력에 대해 굉장히 비판적으로 말하는 것이었다. 그래서 소년은 군대도 안 가본 녀석이 뭘 안다고 그러나 하는 마음에서 "너 군대 생활 해봤냐? 육체적인 고통은 겪어봤냐? 봉걸레 잡고 청소 한번 해봤냐?"라고 말하며 그 친구가 이상하게 변했다는 생각을 했다.

그런데 다시 며칠 뒤에 열린 1학년 동기회에서 소년은 또 이상한 얘기를 듣게 되었다. 동기회 임원진 구성을 끝내고 동기회 발전방안에 대한 의견을 제시하는 시간에 한 동기생이 나와 발언하는 것을 듣고는 바깥세상이 무언가 바뀌었다는 것을 알게 되었다. 그 동기생은 "우리 동기들은 10·26사태가 발생하여 직업군인에 대한 인기가 떨어졌을 때 군인의 길을 가고자 육사를 선택했으니 앞으로도 절대로 정치군인이 되지 말고 참군인의 길을 걸어가자."라고 말했던 것이다.

그때 소년은 얼마 전에 면회하러 왔던 고교 친구가 했던 말이 무슨 뜻인지를 알게 되었다. 그러면서 배고픈 사람들은 아주 단순할 수밖에 없다는 것도 깨닫게 되어 부끄러움을 느꼈다. 소년 자신도 배고파서 출세하기 위해 그 학교를 지원했기 때문이다.

그로 인해 소년은 유식한 사람들은 배고픔보다 원칙이 우선한다는 것을 알게 되었다. 그 후로 소년은 인간에게는 원칙이 제일 중요한 것임을 깨닫게 되면서 조금씩 성장해가고 있었던 것이다.

가지 못한 길을 동경하며

대학에 가고 싶었으나 가지 못한 소년은 생도가 된 이후에도 대학가 근처를 자주 들렀다.

생도 시절 휴가를 나와서는 사복 차림으로 대학교에 가서 강의를 듣고 친구들이 다니는 학교 앞에서 만나 어울리곤 했다. 그러면서 그들이 누리는 자유로움을 부러워하면서도 자신은 국비로 다니기에 엄격한 생도 생활을 참아야 한다고 생각했다.

생도 생활 중 학과 수업을 받을 때도 소년은 일반대학원을 나와 의무복무를 위해 강사로 근무하는 교관님들과 얘기하는 것을 좋아했다. 그 이유는 잠시 군 복무를 하는 그들은 일반대학처럼 자유로운 분위기에서 수업을 진행했기 때문이다. 선배 교관님들은 수업 시간에 졸거나 다른 생각을 하면 무척 혼냈지만, 그들은 웃으면서 생도들에게 부드럽게 대해 주었고 군인으로서의 대화 말고도 일반사회의 여러 가지 얘기들에 대해서도 주고받을 수 있었던 것이다. 게다가 자신이 다녔던 학교 여학생들과의 미팅도 주선해 주었으니 당시에는 소년뿐만이 아니라 많은 생도가 그들을 좋아했다.

소년은 대학 다니는 친구들처럼 여학생들과 MT를 가고 싶어 외출하는 날에 동기생들과 함께 교관님을 모시고 여학생들과 야외에서 시간을 보내기도 했다. 그때 동행한 교관님이 점심을 사주면서 즐거워하는 모습을 보고 소년은 그를 좋아하게 되어 전공 선택 시 그 교관님 담당 과목인 러시아어로 결정하게 되었다.

3학년이 되어서 선택한 전공은 러시아어과로 9명의 소수 학과였다. 그래선지 자기네들끼리 대학생처럼 과 대표를 뽑아서 모임을 주선하게 하여 러시아 문화원 등을 방문하기도 하고 여대생들과 과 전체 미팅을 하거나 MT를 갖는 등 딱딱한 생도 생활 속에서도 나름대로 학과 동기생 간에 대학생활과 유사한 경험을 가지려 했다.

소년은 가고 싶어 했던 대학교가 있었다. 많은 세월이 흘러서도 그 학교 앞을 지나면 왠지 가슴이 설레는 감정을 갖게 된다. 그래선지 소년은 군인으로 살아가면서도 음악과 문학, 그리고 체육활동 등에서 일반대학 생활에서 느낄 수 있는 낭만을 찾으려고 노력했던 것이다.

군인도 사람이고 그들도 군인이 되기 전에는 똑같은 사회인이었다는 생각을 하면서.

단체 기합의 교훈

단체 기합은 조직 전체의 군기를 확립하고 단결심을 배양하기 위해 해당 조직 전체에게 일괄적으로 고통을 주는 교육행위를 말한다. 군인의 길을 걸었던 소년은 생도 생활 중 수많은 단체 기합을 받아야 했다. 그곳은 직업군인의 길을 선택한 생도들만 있었기 때문에 어느 한 사람이라도 규정과 품위에 어긋나는 행동을 했을 때는 선배나 훈육관으로부터 단체 기합을 받았던 것이다. 생도 1학년 시절엔 군인 기본자세가 불량한 동기생이 있으면 같은 소속 중대의 전 생도들이 군기가 빠졌다고 선배들에게 기합을 받았고, 내무실 정돈이 불량할 때는 같은 호실 전원이 기합을 받았다.

2학년 때는 주로 1학년 후배들의 군기 빠진 행동에 대한 지도책임과 내무정돈 및 지시사항 이행실태가 불량하다고 기합을 받는다.

3학년 때는 4개 학년으로 편성된 중대의 대외적인 활동이 저조할 시에 단체 기합을 받는다. 예를 들어 구보 시 낙오자가 많거나 분열 수준이 저조하다고 훈육관의 지적을 받았을 때 후배들 지도를 잘못했다고 4학년 지휘 생도에 의해 단체로 기합을 받았던 것이다.

4학년 생활은 중대별로 생도 훈육을 담당하는 소령급 훈육관의 성향에 따라 현저하게 차이가 났다. 소년의 중대 훈육관님은 점잖은 성격이라 생도들에게 말로 꾸지람했지만, 다른 중대 훈육관 중에는 단체 기합은 물론이고 구타까지 해서 4학년인데도 힘들어했던 동기생들이 있었다.

그리고 외출 시 시내에서 지나가는 선배에게 경례를 안 하거나 전철 안에서 자리가 난다고 앉는 등 시내를 다니며 생도 품위에 어긋나는 행동이 4학년 선배에게 목격되면 학교로 복귀하는 날 전 생도 통합 귀영점호 시 당시의 위반사항이 공지되어 해당 생도는 소속 부대 상급 생도와 함께 불려가 기합을 받아야 했다. 만약 당사자가 모른 척하고 가지 않으면 해당 학년 전원이 단체로 기합을 받기도 하였다.

또한 여름마다 두 달간 실시하는 군사훈련 기간에는 훈육관이 훈련 군기나 내무생활이 문란하다고 판단했을 때 일과 후 휴식 시간이나 취침 시간에 단체기합을 받았다.

그중에서 소년에게 아름다운 추억으로 남아있는 단체 기합들이 있었다.

한번은 2학년 훈련 기간 중에 원주 치악산 등반을 다녀온 후 훈육관님들께서 화가 아주 많이 나서 단체 기합을 혹독하게 주는 것이 아닌가. 이유는 산행 도중에 몇몇 생도가 등산객이 주는 오이를 받아서 먹으며 걸었다는 것이다. 대부분의 생도가 허기진 것을 참고 왔음에도 생도의 품위를 지키지 못한 행동을 한 일부 동기생들 때문에 훈육관님들이 주는 기합을 묵묵히 받아야 했다.

1980년도 겨울에는 말장화 사건이 있었다. 외출 후 귀영점호를 하는데 당시 당직사령인 4학년 선배가 종로 시내에서 말장화(부츠)를 신은 파트너와 같이 다녔던 1학년 생도는 분대 2·3학년 생도와 함께 완전군장을 꾸려서 지적한 4학년 선배 호실로 가서 기합을 받은 후 자기에게도 와서 기합을 또 받으라는 것이었다. 이유는 '생도가 어찌 교양 없이 부츠를 신은 아가씨와 같이 다니느냐?' 하는 것이었다. 당시에는 부츠가 보편화된 신발이 아니어서 유행을 앞서가는 일부 젊은 여성들이 착용했는데 보수적인 생도들의 시각에서는 나이 드신 어른들처럼 교양이 없다고 생각했던 것이다. 그때 소년은 복장이 튀는 여자를 만나면 안 되는 것으로 생각하게 되었다.

소년에게는 지금도 가장 받기 힘들었지만 가장 따뜻했던 단체 기합의 추억이 남아있다. 입학식을 하고 얼마 되지 않아 선배들의 지시를 받아 졸병 생활을 하는 1학년 시절에는 중대별로 3~4명 정도가 생도 생활이 힘들어 잘못 왔다고 생각하여 일반대학에 가려고 자퇴를 원하는 경우가 있었다. 당시 소년과 같은 중대에서 생활하던 동기생 중에서도 4명이나 자퇴하겠다고 선배들에게 말했나 보다. 그러나 자퇴는 바로 되는 것이 아니라 소속 선배 및 훈육관님과의 면담 후 심의를 거쳐 퇴학 결정이 되어야 가능한 것이었다. 그래서 자퇴하겠다는 그들을 여러 선배가 면담을 통해 다시 의욕을 갖고 생도 생활을 하라고 격려했는데도 3명의 동기생은 훈육관님 면담 시까지도 자퇴 의사를 표시했던 것이다. 그러자 4학년 선배들 전부가 나서서 1학년 생도들에게 특별기합을 주는 상황이 발생했다. 통상 1학년에 대한 교육은 2학년이 하는 것이 관례였는데 4학년 선배들이 직접 나서서 혹독하게 기합을 주는 것이 당시는 이해가 안 되고 서운하게 생각됐다.

그러다 소년도 4학년이 되자 그 선배들의 마음을 이해하게 되었다. 소년과 동기들이 입대했을 때 3년 선배인 그들이 군인 기본자세를 가르쳤기 때문에 입학한 후에도 그들 모두가 3년 후배인 1학년 생도들에 대해 멘토로서 보살펴야 할 책임감을 느끼고 있었다. 그래서 적응을 못 하고 있는 어린 후배들에게 동기생 간 절차탁마 하도록 단체 기합을 주었던 것이다. 그런 마음을 알게 되자 소년에게 그때의 단체 기합은 가장 따뜻한 추억으로 남아있게 되었다.

작은 거인의 반항

소년이 면접시험을 볼 때부터 알게 된 동기생이 있었다. 그는 면접시험 때 소년 바로 앞 차례에서 면접받았다. 당시 고교생 장학 퀴즈 월장원에다 웅변대회 입상 경력도 있었던 그는 면접 시 자신의 경력을 자랑스레 얘기하면서 장기인 웅변으로 면접관들에게 확실한 자신의 특징을 보였다. 그다음 차례인 소년은 특별히 잘하는 것도 내세울 경력도 없었기에 그랬던 그가 대단해 보였다.

그런 그가 입대하는 날 같은 소대 소속으로 훈련받게 되어 반가웠다. 그는 훈련받을 때 작은 키에 때론 힘들어했지만, 자신감과 웃음을 잃지 않고 있었다. 그래서 동기생들뿐만 아니라 훈련을 시키는 선배들도 군기를 잡히면서도 눈치 보지 않고 자신의 의사를 당당히 표현하는 그를 대단한 배짱을 지닌 재미있는 신입생도로 생각하였다.

그런 그가 입학식을 하고 나서 선배들과 같이 생활하게 되면서부터는 힘들어하기 시작했다. 1학년 때는 생활이 어떻게 진행되는지 모르기 때문에 2학년 선배들이 시키는 대로 해야 하는데 그 때문에 힘들어 했던 것이다. 당시 대부분의 생도가 규정대로 시키는 대로 따랐는데 그는 왜 그렇게 해야 하는지를 의아해했던 것이다. 그러니 시키는 대로 잘했던 동기생들은 그를 질타하며 이상하게 생각했다. 그들은 스스로 군인의 길을 선택했으니 군대에서 시키는 대로 하는 것이 당연하다고 생각하고 있었던 것이다.

그런데 그 동기생은 시간이 지날수록 선배들과의 관계가 더 나빠져서 급기야는 한 선배의 지시에 반발하게 되었다. 그 선배가 지시한 대로 제대로 안 한다고 지적을 자주 하자 그 친구는 기분이 상해 아예 그 선배의 지시를 무시하기 시작했고, 그러면 그 선배는 취침 시간에 찾아와 그를 깨워 기합을 주고 가는 과정이 반복되었다. 그러던 중 어느 날 아침에 담당구역 청소를 하고 있는데 그의 빗자루질 동작이 어설프다고 지적하는 선배에게 그 친구는 "에이, 씨발, 그럼 네가 해라. 나는 죽어도 네가 시키는 대로는 못 하겠다." 하고는 내무실로 가버렸던 것이다. 그 순간 그 선배는 당황하여 소년에게 "너도 봤지, 쟤가 내게 덤비는 거. 나 절대로 그냥 안 넘어간다. 훈육관님께 보고해서 처벌받게 할 거다."라고 말했다. 선배한테 덤비는 것을 상상하지 못했던 소년은 그 친구가 걱정되었다. 그래서 소년은 내무실에 있는 그에게 가서 "빨리 그 선배에게 가서 용서를 구하라."라고 했더니 그는 학교를 그만두더라도 절대로 그 선배에게 사과하지 않겠다고 했다.

그때 소년은 새로운 사실을 보게 되었다. 그 후에 중대 1학년 동기생 전부가 한차례 선배들에게 단체 기합을 받기는 했지만, 그 친구는 아무런 처벌도 받지 않은 것이다. 나중에 알고 보니 그 선배도 감정을 갖고 그를 대한 잘못이 있었기 때문에 그것으로 반항 사건은 끝나게 되었던 것이다. 그 일로 소년은 무조건 윗사람이 이기는 것은 아니라는 것, 그리고 억울한 경우에는 자신의 주장을 강하게 펼치면 받아들여질 수 있다는 것을 알게 되었다.

해가 바뀌어 그는 소년과 다른 중대에서 생활하게 되었다. 그곳에서도 그는 자신에게 함부로 말하는 선배들에게 당차게 반발해서 선배들과의 관계가 더 좋지 않았고, 시키는 대로 하는 동기생 대부분과도 멀어져 갔다. 그곳에서의 생활을 시작할 즈음에 그는 또다시 선배에게 반발한 적이 있었다.

한번은 전체 인원이 모여 있는 곳에서 당시 4학년이 된 2년 선배가 "요즘은 1학년 때처럼 헤매지 않고 잘하고 있냐?" 하고 말하자 그 친구가 대뜸 "에이 씨, 후배 앞에서 쪽 팔리게 그렇게 말하냐." 하고 맞받아쳐서 그 선배가 머쓱했던 적이 있음을 전해 들었다. 소년은 '역시 그다운 모습이다.'라고 생각하면서도 한편으론 걱정이 되었다. 직업군인이 되겠다는 그들 모두는 그 친구처럼 선배에게 반발하는 것을 있을 수 없는 일이라고 생각했기 때문이었다.

그렇게 그의 생도 생활은 막바지로 치달았고 결국 그해 겨울이 될 무렵 2년을 못 마치고 그는 스스로 학교를 떠났다. 그리고 떠나기 전 잠시 대화를 하던 중 그가 "이제 홀가분하다."라고 했던 말은 소년의 가슴에 남아있다. 소년 자신도 군 생활을 하는 동안 많은 경험을 하며 그의 말뜻이 무엇인지 조금씩 이해되었기 때문이다. 어느 날 문득 소년은 떠난 그 친구와 같이 생활했을 때 그가 했던 말이 떠올랐다.

"왜 내무생활 같은 작은 것 갖고 생도들이 그리 민감하게 생각하냐?"라고 하며 "나는 육사가 국가를 위해서 앞으로 무엇을 어떻게 해야 하는지를 배울 수 있는 곳인 줄 알고 왔는데 고작 내무생활 가지고 꾸지람과 기합을 주는데 실망했다."라고.

그 당시 그의 생각은 전혀 이해될 수 없었다. 그때는 사회가 가부장적인 분위기였으니 군대는 더욱 상명하복의 의식이 지배적이던 시절이었기 때문이다. 그러다 세월이 흐를수록 그가 주장했던 대로 군대에서도 점차 꼭 필요한 임무만 수행하는 성과 위주 부대 운영이 되어가는 것을 보니 어쩌면 당시 그는 시대를 앞서가는 작은 거인이 아니었나 하는 생각이 든다.

어른들의 삼사체전

삼사체전은 육·해·공군 사관학교 생도들의 친목을 도모하기 위해 매년 국군의 날 즈음에 치러졌다. 경기는 축구와 럭비 2개 종목을 풀리그전으로 치른 후 종목별 순위를 점수로 환산하여 종합우승을 가렸다. 선수로 참가하지 않는 일반생도들은 응원단을 편성하여 열렬한 응원전을 펼쳤다. 그러다 해를 거듭할수록 각 군 최고 수뇌부와 학교장님들의 우승에 대한 열의가 지나치게 강하여 생도들의 친선 체육대회는 어른들에 의한 행사로 진행되었다. 소년이 다니던 1980년대 초반에도 그랬다.

매년 국군의 날 다음 날부터 3일간 진행하는 체육대회를 위해 경기에 참여하는 선수 생도들은 학기 중에는 일반학과 수업만 받고 군사교육 대신 운동했으며, 하계 군사훈련 기간에는 별도 집체훈련을 하는 등 오로지 어른들의 삼사체전에서 승리하기 위해 운동에 전념해야만 했다. 일반생도 중 1·2학년 생도들은 귀빈석에서 멋진 응원전을 관람할 수 있도록 카드섹션 대형을 편성하여 3주간 집중적인 연습을 했다.

소년도 당시 응원단에 편성되어 카드섹션 준비를 했다. 움직이는 장면 연출을 위해 조금 복잡한 내용도 있어서 틀리면 기합도 받으며 가을 땡볕 아래 힘들게 연습했다. 그때의 희망은 삼사체전이 끝나면 전 생도들에게 주어지는 며칠간의 위로 휴가와 3학년이 되면 이런 힘든 응원 연습은 안 해도 된다는 것이었다.

드디어 10월이 되어 소년은 첫 삼사체전을 경험하게 되었다. 운동경기에 참가하는 선수는 아니었지만, 그래도 응원전에 참가할 카드섹션단의 일원으로서 조금은 기대가 되었다. 그래서 삼사체전 때 생도 개인별로 분배되었던 몇 장의 초청장을 가족 및 친구들에게 보내주었다.

당일 소년은 학교 밖을 나와 버스를 타고 동대문구장 응원석에 앉기 전까지 많은 시민을 보았고, 경기장 내 꽉 들어찬 초청객들을 보며 많은 사람이 관심을 두고 있는 것 같아 기분이 상기되었다. 그러나 경기장에 들어와 응원석에 앉기 시작하면서부터 소년은 카드섹션을 연출해야 하는 일원으로서 경기가 종료될 때까지 응원단장의 수신호 외에는 아무것도 볼 수가 없었다. 그렇게 첫 삼사체전은 끝났다.

그런데 그게 끝이 아니었다. 당시 교장님께서 우승을 못 한 것에 대해 "전장에서 목숨 걸고 싸워 이겨야 하는 군인에게 있어 패배는 곧 죽음을 뜻하므로 삼사체전에서 우승하지 못한 생도들은 패배자들이니 휴가는 없고 영내에서 자숙하라."라는 지시를 하신 것이다. 그래서 한 달여를 체전 준비로 힘들게 보낸 생도들은 그렇게 지시대로 또 한 달을 영내에서 면회와 공중전화 사용까지 금지된 자숙의 시간을 보내야 했다.

다음 해에 맞이한 두 번째 삼사체전에서는 마지막 날 우승을 하여 휴가를 나가게 된다는 들뜬 마음으로 학교로 돌아왔다. 그런데 그날 소년에게는 가장 힘들었던 시간이 기다리고 있었다.

마지막 경기에서 이겨 종합우승이 확정된 순간에 응원단에 있던 일부 생도들이 우승했다는 기쁜 마음에 응원 도구로 지급된 육성용 메가폰을 운동장으로 던져버렸는데 학교로 돌아오니 중대 군기 담당 4학년 선배가 메가폰을 던진 2학년 생도들을 집합시킨 것이다. 2학년 전 생도를 집합시킨 후 그 선배 생도는 누구의 지시인지는 몰라도 메가폰을 운동장에 던진 생도는 앞으로 나오라고 했다. 그래서 소년 외에 10여 명이 나갔더니 그는 "어떻게 생도가 많은 사람이 있는 곳에서 교양 없이 메가폰을 운동장에 덜질 수 있느냐?"라고 하면서 생도의 품위를 훼손한 벌로 몇 대씩 맞아야 한다는 것이었다. 그래서 한 사람씩 나가서 복부를 맞고 있는데 소년의 차례가 되어서는 소년만 계속 때리는 것이 아닌가. 정말 이해가 안 되었지만, 그때 소년은 항의할 엄두를 내지 못했다. 덤비다 퇴교당하면 갈 곳이 없었기 때문이다. 주먹으로 계속 복부를 때리던 그 선배는 화가 나서 더 세게 소년을 가격하더니 나중에는 귀싸대기까지 날리는 것이었다. 어이가 없었지만, 소년은 또 참았다. 소년에게만 집중적으로 가격을 한 그 선배는 그것으로 교육을 끝낸다고 하여 소년은 내무실로 돌아왔다. 갑자기 서글픈 생각이 드는 순간 그 선배가 내무실까지 쫓아와서는 "너 왜 그랬냐?"라고 하는 것이 아닌가. 소년이 무슨 말뜻인지를 몰라 멀뚱하게 있으니 그는 "다른 동기들처럼 맞으러 나왔으면 내가 주먹으로 복부를 때리기 편하게 몸을 45도 각도로 돌렸어야지." 하고는 가버렸다. 그제야 소년은 자신이 집중 구타당한 이유를 알게 되었다. 소년은 처음부터 계속 맞으면서 정면을 향하고 있었는데 그는 자신에게 반항하는 것으로 알고 있었던 것이다. 그렇게 그날은 우승했다는 들뜬 마음으로 던진 메가폰으로 인해 생도 생활 중 가장 허벌나게 맞았던 서글픈 날이 되고 말았다.

소년에게 삼사체전은 사관학교 생도들을 위한 체육대회였

음에도 불구하고 당시 어른들에 의해 통제받았던 기억들과 개
맞듯이 맞았던 아픈 사연들로 인해 주인의 잔치에 동원된 노예
같은 생각만 남아있다. 그러면서 언젠가는 생도들이 주체가 된
체육대회가 되어야 한다는 생각을 갖게 되었다.

세상 이치를 배운 수업

소년이 수업 시간에 유일하게 꾸중을 들었던 교수님이 있
었다. 그는 소년이 수업 시간에 잠시 딴생각을 하고 있을 때 질
문을 했는데 질문내용을 못 들은 소년이 답변을 못 하자 "수업
시간에 교수의 강의내용을 듣지도 않는 생도는 교실에 앉아 있
을 필요가 없으니 나가도 좋다."라며 꾸중을 했던 것이다. 그
후 소년은 그 교수님이 어려워서 그 과목 복습과 예습을 열심
히 해갔더니 나중에는 소년을 좋게 평가하게 되었다.

그 후 3학년이 되어 러시아어과 전공과목으로 푸시킨의 시
「삶이 그대를 속일지라도」에 대해 설명하시던 그 교수님이 "진
급을 최우선으로 생각하는 장교들이 전역할 때 가장 서운해하
는 계급이 무엇인지 아느냐?"라고 물어보셨다. 모든 생도의 생
각을 듣고 난 후 교수님은 "별 셋."이라고 알려주었다. 이유는

정상 바로 밑까지 갔기 때문에 아쉬움이 그만큼 큰 것이라고 하시며 사람의 욕심이란 그런 것이라고 하셨다. 당시에 그 의미를 정확히 몰랐던 소년은 그 후 10년이 안 되어 그 말이 현실로 나타나게 됨을 보게 되었다. 정치판에 뛰어든 장성 중에 '별 넷'은 여당으로 가는 데 반해 '별 셋'은 모두 야당으로 합류하는 것이었다. 그런 현상을 보고 인간은 높이 오르고 많이 가질수록 욕심이 더해진다는 이치를 깨닫게 되었다.

또 한 번은 한국전쟁사 시험을 치르는데 신라의 삼국통일에 대한 관점을 쓰라는 문제가 나와 그 의미에 대해 생각하는 동안 시간이 지체되어 답안 작성을 반밖에 못 했는데 시험시간 종료를 알리는 종이 울렸다. 순간 당황한 소년이 급히 결론을 맺으려 하자 시험 감독을 들어오셨던 그 과목 담당 교수님께서 소년의 답안구성 내용을 보시고는 시간 걱정하지 말고 자신의 생각을 다 써보라고 하신 것이다. 그래서 소년은 삼국통일의 역사적 문제점에 대해 다음과 같이 적을 수 있었다. '삼국통일은 당시 독자적으로 통일을 할 수 없었던 신라가 외세의 힘을 빌려 통일함에 따라 자주성이 훼손된 문제점이 있었다. 이런 역사를 보고 현대에 사는 우리는 자주국방에 더욱 만전을 기해야 하며 한민족 간의 갈등으로 또다시 외세가 개입하지 않도록 남북 간의 화합을 위해 노력해야 하겠다.'는 내용이었다.

그때 그 교수님은 소년이 작성해가는 내용을 보고는 웃으면서 "그래, 네 생각대로 계속 써봐라."라고 하여 소년은 이미 모든 생도가 다 나가고 없는 빈 교실에서 홀로 남아 자신의 생각을 끝까지 기술할 수 있었다.

그 후 소년은 그 과목에서 최고 학점을 받게 되었다. 그러나 소년은 자신이 잘해서 그런 학점을 받았다고 생각하지 않았다. 이미 시험 종료 시간이 한참 지나서 답안을 제출했기 때문에 규정대로라면 소년은 최하의 성적이 나왔어야 했다. 그러면서 소년은 그 교수님이 최고의 학점을 주신 이유를 알 것 같았다. 그것은 역사에 대한 문제점을 정확히 알고 스스로 그에 대한 대비책을 찾으라는 것이었다. 그 시험 이후로 소년은 역사에 대해 좀 더 깊이 성찰하며 살아가게 되었다.

졸업 소감

4년 2개월의 기나긴 수련 생활이 끝나고 소년도 선배들처럼 사관학교를 졸업하게 되었다. 졸업을 앞두니 지나간 4년여 생활이 주마등처럼 지나갔다. 전혀 준비가 안 된 채 군인의 길을 시작한 소년이 이제는 임관하여 장교로서 직업군인의 생활을 시작하게 된 것이다. 처음 입대했을 당시보다는 군복이 자연스러워진 자신의 변화를 느끼며 임지로 향하게 되었다.

생도 생활은 학년별로 엄격한 위계질서가 유지된 가운데 4학년 생도들에 의한 자치 지휘 근무 체계로 이루어져 있다. 그렇다 보니 하급생도 때는 생도 생활의 전부를 알 수가 없어 당연히 힘들게 느낄 수밖에 없다는 것을 졸업할 무렵에 알게 되었다. 생도 4년의 생활은 학년별 목표에서 잘 나타나 있는데, 그것은 경험해 본 사람만이 내면의 진정한 뜻을 알 수가 있다. 소년도 임관 후 부대 근무를 하면서 각 학년의 생활이 많은 도움이 되는 것을 알게 되었다. 졸병 생활부터 시작하여 리더로서의 경험을 쌓을 수 있었던 4개 학년의 생도 생활이 4개 계급 구조로 되어있는 병사들의 세계를 이해하는데 좋은 경험이 되었던 것이다.

1학년 생도의 생활 목표는 '복종'이었다. 민간인 신분에서 군인이 되는 과정에 있는 1학년 생도들은 군인이 무엇인지 모르는 상태에서 생도 생활하기 때문에 당연히 선배들의 지시에 따라야 했고, 그래서 그들에게 제일 먼저 요구되는 것은 복종하는 마음과 태도였던 것이다.

2학년 생도의 목표는 '자율'이었다. 1년 간 생도 생활을 해봤기 때문에 이제 그들은 모든 생활을 스스로 해야 한다.

그렇다 보니 1학년 때 모든 생도 생활을 꼼꼼히 알지 않으면 2학년 생활이 더 어려울 수밖에 없다. 아무도 그들에게 가르쳐주지 않고, 아무도 그들이 몰라서 못 한 것이라고 생각하지 않기 때문에 2학년들은 자신의 행동에 대한 철저한 책임을 지게 된다. 그래서 그들은 그 기간에 복종보다 더 어려운 자율이라는 생활을 체험하게 되는 것이다.

3학년 생도의 목표는 '모범'이다. 그들은 상급 생도가 되었으나 최고 학년은 아니므로 후배 생도들에게 좋은 모범을 보이며 생활해야 한다. 그러면서 4학년 선배들의 지휘를 보좌하며 예비 리더의 자질을 쌓아가게 된다. 이때 생도 생활의 반이 지나 어느덧 상급자보다 하급자가 많아지게 되어 그들 스스로 상급자의 의식으로 바뀌게 된다. 그래서 당시에 3학년이 되어서 학교가 싫다고 자퇴한 사람은 한 사람도 없었다.

4학년 생도의 목표는 '지도'이다. 곧 임관해서 리더로서의 생활을 시작할 그들에게는 모든 생도 생활을 지도할 수 있는 기회가 주어진다. 야전부대 편성과 똑같이 지휘관과 참모 편성을 하여 모든 직책을 그들이 교대로 경험한다. 그것은 그들이 임관해서 부하들을 지휘하는데 소중한 경험으로 작용하게 된다.

사관학교 생도 생활은 이렇게 각각 위치와 역할이 다른 4단계의 생활을 1년씩 4년간 생활하면서 선후배 간에 이끌고 따르는 생활 속에 복종을 알면서 지휘할 수 있는 리더로 성장하게 한다. 소년도 입대 전 내성적인 성격에서 졸업쯤엔 자신도 모르게 군인으로서, 리더로서 성장한 자신을 발견하고 놀라게 되었다.

그런데 세월이 흘러보니 생도 시절 4단계의 이치가 인간의 성장 과정에도 적용되는 것 같다. 10대까지는 미성년자이니 어른들의 가르침대로 따라야 하니까 우선 어른 말씀에 순응하는 '복종'의 자세가 필요하겠고, 20대에는 성인이 되었으니 스스로 알아서 살아가야 하므로 '자율'적인 생활이 되어야 하겠으며, 30대에는 가정에서의 가장 역할과 직장에서는 중간 간부로서 '모범'을 보이며 살아야 하고, 40대 이후에는 가정에서 자식을 잘 지도해야함과 아울러 직장에서는 조직을 이끄는 리더로서 '지도'를 잘해야 하기 때문이다.

제3장

군대에서
느낀 것들

리더로서의 시작

소년은 임관 후 임지에 도착하여 리더로서 첫발을 내딛게
되었다. 가서 보니 소대원은 20여 명이었다. 소대원들의 나이는
소년보다 1년 위부터 2년 아래까지로 구성되어 있었다. 소대원
들과 첫 대면을 하고 나니 소년은 학창 시절에 반장 한번 못해
본 자신이 이제 리더의 삶을 살아가게 된다는 생각이 들어 그
저 감개무량하였다.

첫 근무지에서 병사들로부터 자주 받았던 질문은 "왜 육사
를 지원했느냐?"라는 것이었다. 소년은 그때마다 한용운의 「님
의 침묵」에서 나오는 '님'의 뜻을 설명하며 고교 시절 고민했던
얘기를 들려주었다.

그다음 질문은 "육사 생활이 어떠했느냐?"라는 것이었다. 그러면 소년은 생도 4년의 의미를 설명해주었다. 그들은 당시에 다시 군 출신이 집권하여 육사 출신 장교가 출세하는 데 유리하다고 생각하던 시절이어서 관심도 있었지만, 비슷한 또래의 소대장이 직업군인이 되는 사관학교 출신이어서 어린 나이에 군인이라는 직업을 선택한 이유가 궁금했던 것이다.

소대장 근무 중 주요 임무는 당직근무, 작전, 경계, 훈련, 작업 순이었다. 소년이 보직된 중대에는 중대장 외에 장교 3명, 부사관 5명으로 편성되어 있었으나 장교 1명과 부사관 2명만 근무하고 있어 소년이 전입 가기 전까지 중대 간부들은 3명이 일일 당직근무와 이틀에 한 번씩 수색과 매복 작전을 수행하고 있었고, 그중 장교 1명은 3주마다 1주일간 영대에서 대기해야 하는 5분 출동대기 소대장 임무까지 수행해야 했기에 거의 휴식을 못 하고 있었다.

소년이 전입을 가자 그들은 자신들의 근무 부담이 줄어들게 되어 좋아했다. 그래서 소년은 전입 가자마자 한 달간 고정으로 중대 당직사관과 5분 출동대기 소대장 임무를 전담하게 되었다. 소년은 처음에 소대장으로서 병사들을 대하는 것이 어색했는데 한 달간 내무반에서 대기하며 병사들과 지내고 나니 마음이 편해졌다. 병사들도 자신과 똑같은 젊은이들이라는 것을 느끼게 되어서 그랬다.

한 달간의 당직근무가 끝나자 곧이어 군단 탄약고 경계근무에 투입되어 소년은 당직근무 및 탄약고 위병조장 임무를 수행하게 되었다. 부임한 지 한 달이 지나자 소년은 소대장으로서 병사들에게 경계근무를 잘하라며 독려하는 등 점차 리더의 모습으로 변해가고 있었다.

대대로 복귀해서는 부대 주변 농촌의 벼 수확 시기라 대민지원을 나갔다. 그런데 서울에서 자란 소년은 낫으로 벼를 어찌 베야 할지 몰랐는데 평상시 조용했던 시골 출신 병사가 콧노래를 부르며 자연스레 낫질하는 것을 보고는 자신이 농촌에 대해 아는 것이 아무것도 없다는 사실에 조금 당황했다.

그 후 대대 전술 훈련평가가 있어서 훈련에 참여하게 되었다. 훈련 경험이 없던 소년은 소대장으로서 어떻게 해야 하는지 몰라 많이 걱정했다. 그래서 훈련 경험이 있었던 병장들에게 물어보았더니 그들은 별것 아니라며 자신들이 다 알아서 할 거니까 걱정하지 말라고 했다. 그러나 훈련을 나가서 소년은 많이 당황했다. 그리고 전술적 지식이 너무도 부족한 자신이 한심하게 생각되었다. 공격할 때와 방어할 때마다 소년은 우리 소대가 언제·어디로 가서 어떻게 해야 하는지 적시 적절하게 판단하기 어려웠기에 그저 중대장님이 가라는 대로, 하라는 대로 하기에 급급했던 것이다. 심지어는 중대장님이 가라는 대로도 제대로 못 따라가 본대가 간 방향을 놓쳐 중대 작전이 지연되게 한 적도 있어 소년은 최악의 훈련을 경험하게 되었다. 그때는 정말 자신이 너무 무능한 것 같아 많이 의기소침해 있었다. 그런데 훈련이 끝나고 중대장님이 소주 한잔을 따라주면서 "수고 많았다. 첫 훈련은 누구나 다 그래."라고 해주신 말에 힘을 얻어 다시 의욕을 갖고 근무할 수 있게 되었다.

그때 소년은 경험 없이 처음 하는 일은 경험한 사람들 얘기를 잘 듣고 관련 지식을 철저하게 숙지해서 준비해야 한다는 것과 임무가 끝났을 때 상관은 잘못한 부하에게 격려해주는 것이 부하가 차후에 더욱 열심히 근무할 수 있게 한다는 것을 알게 되었다.

군대축구 얘기

대부분의 여성이 재미없어하는 이야기가 '군대 얘기'이고, 그보다 더 지루해 하는 것이 '군대에서 축구 한 얘기'라고 한다. 그런데 남자들의 경우 군대를 다녀온 사람은 누구나 젊었을 때 순수한 관계로 만나 함께 부대끼며 지냈던 시절에 관해 얘기하면서 서로 공감하며, 이해관계로 얽힌 현실의 피로를 잠시 잊기도 하는 것이다.

그곳에서는 재산이나 학벌 등과 상관없이 소속 부대에서 입대 순으로 서열이 정해진 가운데 모두가 비슷한 생활을 했기 때문이다. 그러한 군대에서 가장 손쉽게 많은 인원이 함께 할 수 있는 운동이 축구였고, 그래서 모든 부대에서 단체운동으로 축구를 했다. 그렇다 보니 군 복무를 한 사람은 누구나 군대에서 축구를 해본 경험이 있었고 서로가 군대에서 축구 한 얘기를 하면서 대화가 통했던 것이다.

소년도 군에서 오랜 기간 축구를 하였고, 축구를 통해 사람들과 접촉하면서 경험한 것이 많았다.

축구는 두 개 팀이 각각 11명씩 구성되어 축구공 1개를 가지고 운동장에서 상대 팀 골대에 골을 넣는 구기 운동이다. 그런데 선수들이 하는 축구는 FIFA 규정에 따라 엄격한 경기규칙이 적용되지만 군대축구에서는 병사들의 수준이 그에 못 미치기 때문에 핸들링이나 상대를 넘어트리는 심한 행동만을 반칙으로 통제하며 경기한다. 경기 간 심판은 간부급이나 병사 중에 축구를 잘 아는 인원이 심판을 보기 때문에 통상은 동네 축구 하듯이 하게 된다. 그리고 군대축구는 사회와 달리 경기하는 인원들이 계급사회에서 생활하고 있는 군인이란 점과 운동신경이 전혀 없는 인원도 함께 참여한다는 점에서 사회축구와 다른 특이한 경험을 하게 되는 것이다.

사회축구에서는 공을 잘 차는 사람으로 선수를 편성하여 각자의 특성에 맞는 위치에서 전원이 공격을 하고 수비를 하는 형태로 진행되지만, 군대축구에서는 고참이 공격을 하고 졸병은 수비를 하며 중참은 공격수와 수비수 중간에 위치한다. 그리고 경기 중에 고참이 좋은 찬스에서 골을 못 넣으면 그 원인은 후임병이 패스를 잘못한 것이고, 골을 먹으면 전적으로 수비와 골키퍼를 하는 졸병들의 잘못으로 몰아치곤 한다. 그러다 경기에 지게 되면 졸병들은 열심히 뛰지 않아서 그리되었다고 경기 후에 별도의 기합을 받곤 한다.

소년은 임관 이전에도 축구를 해봤으나 소대장으로 부임하여 축구를 하면서 군대축구에 대해 알게 되었다.

당시 소년의 소대는 거의 사회에서 축구를 해보지 않은 인원들로 편성되어 있어서 소대 대항 축구 경기에서 이겨 본 적이 없었다. 그래서 축구 경기를 할 때면 축구를 못하는 고참들은 다 빠지고 졸병들로만 축구를 하게 되어 실력도 부족한데 경기에 뛰는 졸병들이 상대편 고참들의 기에 눌려 그나마 가진 실력 발휘도 제대로 못 하고 지고 말았던 것이다.

그때 소대장으로서 그 원인을 분석해보니 군대축구의 문제점을 발견할 수 있었다. 그래서 소년은 축구 잘하는 졸병을 공격수로 하고 못 하는 고참은 수비수를 하도록 했더니 몇 년 만에 처음으로 다른 소대와의 경기에서 승리하게 되었다. 그때 소년의 소대원들은 자신들 스스로도 놀라워했다.

그런데 선수 위치 조정만으로는 경기에서 5할 승률을 채넘지 못했다. 그래서 원인을 살펴보니 소대원들 각자는 아직 경기하는 요령을 잘 몰랐는데 몇 번 이겼던 것은 잘 차는 1~2명에 의해 골을 넣고 상대 팀도 공격력이 그다지 좋지 않은 경우였던 것이다. 그래서 각자의 위치에서 경기하는 요령을 알려주고 자체 연습을 하고 나니 소대의 축구팀은 전승을 거둘 수가 있었다. 그래서 군대축구에서 이겨본 적이 없었던 소대가 승리할 수 있었던 이유를 정리해 보았다.

첫째로 선수의 포지션에 있어서 고참을 수비로, 졸병을 공격수로 하면 전력이 배가 된다. 고참은 수비를 할 때 상대 공격수와 몸싸움을 잘할 수 있고 공격하는 졸병은 상대가 공격할 때 재빠르게 수비 가담을 하기 때문이다.

둘째로 상대편 골게터가 우리 수비 진영에 들어오면 전투력이 우수한 우리 팀 고참이 공을 아예 잡지 못하도록 전담 밀착 마크하여 상대 팀의 득점력을 현저히 떨어뜨린다.

셋째로 수비수가 공격수에게 잘못 패스해서 상대 공격수에게 빼앗기면 결정적인 찬스를 주게 되므로 수비수들에게 패스할 곳이 마땅치 않으면 무조건 밖으로 걷어내라고 한다.

넷째로 공격 시 공을 멀리 찰 수 있는 선수가 골 결정력이 제일 좋은 선수에게 한 번에 대각선으로 상대 골대 부근으로 깊게 패스하여 골을 넣게 한다.

마지막으로 축구는 단체경기이므로 졸병이 실수했을 때 주눅 들지 않도록 고참들이 괜찮다고 격려하며 서로 열심히 경기에 임하는 분위기를 만든다.

동상 사고

소년은 소대장 근무 중 소대장직을 그만두어야 하는 아쉬움과 함께 사랑하는 소대원 중 일부가 불구자가 되는 아픔을 겪게 된다. 소년의 대대는 한겨울에 동계 혹한기 훈련의 일환으로 200㎞를 행군하게 되었다. 행군은 3일간 하는데 1일 차 오전 7시에 출발하여 3일 차 오후 5시에 도착하도록 계획되었다. 행군 간에는 혹한기의 극한 상황에 대한 극복 능력을 배양한다는 목적하에 행군 기간에 취침 없이 주야로 지속해서 행군해야 했고, 한 끼는 굶고 한 끼는 주먹밥을 먹어야 했다. 그전에 그러한 훈련을 한 번도 안 해봤던 대대원은 훈련 전에 많은 걱정을 하면서도 앞선 대대들이 모두 무사히 마쳤다는 소식을 전해 듣고 안심했다. 그러다 소년의 대대가 행군할 날이 돌아왔다.

첫날 주간에는 맑고 영상 기온의 포근한 날씨였다. 대대원은 군장을 메고 행군계획에 따라 부대를 출발해서 산으로 올라갔다. 행군 간 넘어야 할 수개의 산 중 첫 번째 산으로 들어서니 산속에는 전에 내린 눈이 무릎까지 그대로 쌓여있었다. 소년의 소대는 맨 선두에서 눈 위에 길을 만들며 가느라 모두 흠뻑 젖었다. 밤이 되면서 기온은 영하 19도까지 떨어져 그 겨울의 최저 온도를 기록하고 있었다. 소년의 대대는 밤에도 계속해서 산과 야지를 반복하며 걷고 있었다. 그러다 서서히 체력의 한계에 도달하여 쓰러지는 병사들이 발생했다. 소년의 소대에도 한 병사가 실신해서 응급처치로 정신을 차리게 한 후 그 병사의 군장을 다른 인원들에게 나누어 들게 하여 계속 행군했다. 그날 밤에는 피곤함과 졸음과 추위 속에 소년도 정신없이 보냈다.

다음 날 아침이 되어 식사 장소에 도착한 소년은 자신의 손이 이상함을 느꼈다. 식사하려고 장갑을 벗으려는데 벗겨지지 않는 것이었다. 소대원들에게 장갑을 잡아당기게 해서 벗었더니 양손이 모두 노랗고 딱딱해져 두 손을 부딪쳐보니 막대기처럼 소리가 났다. 그래서 중대장님께 보고하러 지휘소로 갔더니 그곳에 있던 상관들이 소년의 손을 보고는 놀라며 빨리 군의관에게 가보라는 것이었다. 군의관은 소년의 손을 보고는 겨드랑이에 손을 넣고 있으라고 했다. 그 말을 듣고 그리하면서 소년은 "행군하는 데는 지장 없겠죠?"라고 물으니 군의관은 "네 손가락 잘리길 바라거든 행군해라." 하기에 소년은 그제야 자신의 손이 심하게 동상에 걸린 것을 알게 되었다.

소년은 소대원들과 같이 행군할 수 없어 안타까워하며 앰뷸런스에 실려 이동하던 중에 이상한 장면을 보게 되었다. 도로 곳곳에 환자들이 앉아있어 군의관에게 물어봤더니 엄청나게 많은 인원이 동상에 걸려 큰일 났다는 것이었다.

알고 보니 밤새 행군해온 대대원은 주간에 눈길을 걸어 군화가 젖은 상태에서 야간에 기온이 영하 20도 가까이 내려간 추위에 발이 얼어버렸던 것이다. 소년은 행군 시 과거 행군 경험과 참고 자료를 통해 발 동상을 우려해서 소대원들에게 군화 속에 있는 발가락을 계속 움직여야 한다고 얘기했었다. 소년 자신도 발가락을 움직여서 발은 괜찮았으나 첫날 낮에 산을 오를 때 선두에 서서 손으로 눈을 헤치며 오던 중 자신의 손이 얼어버린 것을 몰랐다. 밤이 되어 손가락이 잘 안 움직여졌던 소년은 단지 추위에 손이 곱아서 그런 줄만 알았던 것이다. 손이 동상에 걸릴 줄은 예상하지 못했기 때문이다.

　당시 행군은 최초 출발 인원의 1/3 정도만이 완주하여 부대로 복귀했다. 그렇지만 그들도 대부분 동상 후유증을 앓게 되었다. 그리고 많은 인원이 동상으로 인해 군 병원으로 후송되었는데 그들 중 30여 명은 끝내 신경이 썩어 들어가 발가락이 잘리고 말았다.

　소년도 손 때문에 사단 의무대로 후송되어 증상에 따라 손가락 절단 여부를 판단해야 할 상황에 놓이게 되었다. 소년의 손가락은 얼었던 부위가 녹으며 마치 권투 글러브처럼 물집이 잡혀 있었다. 소년은 한 달간 의무대 침실에서 손이 붕대로 감긴 채 세면도 못하고 식사 시와 용변 시 다른 이의 도움을 받으며 경과를 지켜보아야 했다. 더 악화하면 손가락이 잘릴지도 모르는 상황에서 그저 운명을 기다리는 입장이 된 것이다.

　한 달이 지나자 소년의 손에 잡혔던 물집이 빠지며 손톱과 표피가 전부 벗겨져서 갓난아기의 피부와 같은 상태가 되었다. 아기가 자라서 표피가 생기듯이 소년의 손가락도 그렇게 손톱과 표피가 다시 자라게 된 것이다. 그런데 첫 번째 마디부터 손가락 끝까지의 신경이 일부 파손되어 감각이 무뎌지고 손톱이 새카맣게 되는 등 손가락이 다소 흉한 모습으로 변해버렸다. 그러나 다행히도 손가락은 움직여져서 정상적인 삶이 가능해져 소년은 운명에 대해 감사한 마음을 갖게 되었다.

동상이 악화하여 군 병원으로 가서 발가락이 잘린 인원은 대부분 병사였다. 그들은 남은 군 복무를 거의 병원에서 치료받다가 전역했고 일부 고참병들은 전역일 이후까지 치료받아야 했다. 발가락이 잘린 30여 명 가운데 소년의 소대원도 2명이 있었다. 그중 한 명은 한쪽 엄지발가락만 절단되어 걸을 수는 있어서 곧 전역했는데, 다른 한 명은 양발에 있는 발가락을 모두 절단하고도 절단한 부위에 살을 덮어씌워야 했기에 자신의 엉덩이 살을 절단하여 두 차례나 이식수술을 받아야 했다. 그러고도 그는 제대로 걸을 수가 없었다. 온몸을 지탱해주는 발가락 뒷부분까지 절단했기 때문이다.

사고가 나고 두 달가량 지나 소년이 속한 사단은 한미 연합 야외 기동훈련에 참가하게 되었다. 그러나 완치가 안 된 소년은 참가할 수가 없었다. 답답해하던 소년은 국군 통합병원에 아직 남은 한 명의 소대원을 만나러 갔다. 거기서 소년은 또다시 커다란 교훈을 얻게 되었다.

소년이 통합병원에 가서 처음 만난 사람은 중대 본부 행정병으로 근무했던 병사와 그의 어머니였다. 그 병사가 오셨느냐고 반가이 인사를 하며 자신의 어머니에게 소년을 자신의 부대 소대장이라고 소개하니까 그의 어머니는 분노에 찬 눈빛으로 소년을 쏘아봤다. 소년이 순간 당황하여 아무 말도 못 하고 있을 때 그 병사가 "어머니, 소대장님도 다쳤어요." 하니까 그녀는 따뜻한 눈빛으로 바뀌어 인사를 했다. 그녀는 양발의 발가락이 모두 절단된 자신의 외아들을 보고 부대의 모든 간부를 자신의 아들을 그리되게 만든 가해자로 생각하여 소대장이라고 소개하는 순간 원수처럼 쏘아봤다가 소년도 다쳤다는 말에 동병상련의 마음으로 대했던 것이다. 그때 소년은 자식에 대한 부모의 마음이 얼마나 지대한지를 느꼈고, 군 간부로서 그렇게 소중한 자식들이 군 복무하는 동안 불구자가 되지 않도록 정말 잘 지도해야 한다고 다짐하게 되었다.

그 병사 모자에게 인사 후 소년은 양 발가락이 절단된 소대원을 찾아갔다. 그는 당시 발가락 절단 부위에 엉덩이 살로 1차 이식수술을 마친 상태였다. 소년이 찾아가니 그는 반가이 인사하며 이식수술을 했는데 절단 부위가 너무 커서 한 번 더 해야 한다고 했다. 그의 모습을 보고 소년이 딱한 마음에 "어떻게 하느냐."라고 했더니 이제 괜찮다며 걱정하지 말라는 그에게 소년은 아무것도 해줄 수가 없어 수중에 있던 5천 원짜리 지폐 한 장을 주며 먹고 싶은 것 사 먹으라고만 말하고 돌아왔다. 오는 길에 마음속으로 소년은 또다시 그들처럼 훈련받다가 불구자가 되게 해서는 안 된다고 외쳤다.

소년은 평시 훈련 중에 전시와 같은 엄청난 부상자가 발생했던 사고를 경험하며 지휘관의 역할이 얼마나 중요한지를 알게 되었다. 당시에는 대대 행군 시 대대장도 같이 걷도록 지시되어 대대장 자신도 힘이 든 상황에서 정확한 판단을 하기가 어려웠다. 소년의 대대는 야간에 기온이 갑자기 급격하게 떨어지는 상황에서 계획대로 계속 행군하다가 동상 환자가 많이 발생했던 것이다.(소년의 대대와 동일 시간대 행군했던 또 다른 대대는 그때 휴식을 해서 동상 환자가 발생하지 않았다.)

동상사고를 통해 소년은 대대가 행군할 때 기상이 급격히 변하는 상황에서는 우선 현장 지휘관이 즉각 대응조치를 해야 하고, 상급 부대에서는 기상 변화에 따른 현장 상황을 시간대별로 파악하여 필요한 조치를 적시 적절하게 해주어야 참혹한 결과를 막을 수 있다는 것을 뼈저리게 경험했던 것이다.

최전방에서

2005년도에 비무장지대 내 소초에서 한 병사가 동료들을 향해 수류탄을 투척하고 총기를 난사하여 8명이 숨지는 사건이 일어나 세상이 떠들썩했던 적이 있었다. 선임병들의 지속적인 괴롭힘을 참지 못한 일병인 병사가 이성을 잃고 그런 끔직한 사건을 벌인 것이다.

소년은 총격 사건이 일어나기 10여 년 전에 그 일대에서 소초를 관리하는 중대장으로 근무했었다. 소년이 그 부대에 갔을 때 부대는 한창 소초 막사 현대화 공사가 진행 중이었다. 소년은 부임하자마자 중대원들을 이끌고 비무장지대 안에서 소초 공사 현장을 지휘하는 현장 소장 역할을 수행했다. 건물을 짓기 위해 바닥 기초 작업 후 기둥과 벽체에 대한 형틀 조립 및 콘크리트 타설 등 일반 공사 현장에서와 같이 공사를 진행했다. 그런데 일반 공사와 달리 전방 지역의 보안 상황 때문에 인부가 투입되지 못하여 인부들이 해야 할 모든 작업을 병사들이 해야 했고, 그 지역의 지형이 험하여 레미콘 트럭이 들어오지 못해 콘크리트 제조 및 타설 등을 직접 병사들이 삽으로 작업을 해야 하는 어려움이 있었다.

소년은 북한 초소가 바로 보이는 최전방에서 공사를 하게 되어 공사 중에 북의 도발이나 공사 병력 중 월북자가 생길까 봐 무척 신경이 곤두섰다. 그래서 적 도발에 대해서는 대피지점을 정해 놓고 소대별 무선 연락망을 유지했으며, 월북자 발생에 대비해서는 공사 임무를 소대 및 분대 건제 단위로 부여하고 공사 중에 시간대별로 인원을 파악했다. 6개월의 기간이 흐른 후 공사는 성공적으로 완료되었다.

공사가 끝나고 소년의 중대는 비무장지대 내의 3개 소초에 대한 경계 임무를 맡게 되었다. 소초는 소대별로 전담하여 3개월 간격으로 교대하는데, 소년은 중대장으로서 각 소초를 지휘 통제 하며 주둔지에 있는 소대에 대한 투입 전 교육을 주관하였다.

소초에서는 소대장 및 부소대장과 병으로 편성되어 한 번 투입되면 비무장지대 내 소초 철책 안에서 몇 달 동안 그들끼리만 지내야 했다. 소초에 들어가기 위해서는 전날 비무장지대 출입 신청을 하여 상급 부대 승인이 있어야 가능했고, 출입 시간도 제한되어 소초별로 한 시간 정도만 머물 수 있었으며 출입 횟수도 한 주에 2~3회 정도였다. 그런 출입도 낮에만 가능하고 소초에 있는 그들에게 사전에 통보되었기 때문에 정작 소초 안에서 지내는 그들의 생활은 아무도 볼 수가 없었던 것이다.

그런 상황에서 중대장이 소초에 대해 할 수 있는 것은 매일 전화로 보고받고 지시하는 것과 주에 두세 번 현장에 가서 잠시 지도해주는 것이 전부였다. 그리고 주둔지에 있는 소대들에 대해서는 소초 임무를 잘 수행할 수 있도록 임무 수행 절차에 대해 집중훈련을 하고 병사들에 대한 신상 파악을 통해 투입하면 안 되는 인원을 선별하여 주둔지에서 별도의 임무를 부여하는 것이었다.

그런 상황에서 중대장으로서 고민이 되었다. '어떻게 해야 최전방에서 각 소대가 그들끼리 임무를 잘 수행할 수 있을까?', '경험이 없는 소대장들이 과연 소대원을 잘 지휘할 수 있을까?' 하고 생각하다가 나름대로 대책을 마련하게 되었다.

먼저 소대별 교대순서는 소대장의 경험을 고려하여 1년 이상의 선·후임 간으로 편성하되 임관 출신 선후배 관계가 되지 않도록 했다. 신임 소대장끼리 인수인계하면 서로 미숙하기 때문에 누락사항이 있을 수 있고, 출신 선후배 간에는 선배의 인계사항이 미흡해도 인수하는 후배가 인정상 제대로 요구하거나 보고할 수 없는 점을 고려해서였다.

부소대장 편성은 소대장의 성격을 고려하여 서로 잘 맞을 수 있는 인원으로 보직하여 한마음으로 소대를 지휘할 수 있도록 했다. 그리고 소초에서 그들끼리 생활해야 하는 환경에서 분대장과 병장의 역할이 중요하므로 분대장은 병장 중에서 리더십이 있는 인원으로 선발하여 그 권위를 인정해주었고, 병장들은 개별적으로 신상 파악을 통해 개인적인 장점을 칭찬해주어 고참으로서 긍정적이고 적극적으로 근무하도록 하였다.

일단 소초에 투입된 소대를 지적하거나 야단을 치면 그들끼리 지내는 동안 무슨 일이 일어날지 모르기 때문에 최대한 자상한 모습으로 대했고 부족한 부분은 교대 후 주둔지에 있을 때 집중적으로 교육하였다.

소초에 투입되는 소대원들에게는 최전방에서 근무하는 자신들의 역할이 병으로 의무복무를 하는 사람 중에서 가장 가치 있는 것이라고 강조하여 자긍심을 갖고 근무하게 하였다.

그리고 아무 때나 갈 수 없는 비무장지대 내에서 소대가 제대로 임무를 수행하기 위해 제일 중요한 것은 중대장과 소대장·부소대장 간의 신뢰 관계였다. 아무리 교육해도 그곳에서 병사들을 직접 보고 지휘하는 간부들이 거짓으로 말한다면 중대장은 아무것도 알 수가 없기 때문이다. 그래서 주둔지에 있는 동안 그들이 중대장을 믿을 수 있도록 돈독한 관계를 만들어 소초에서 근무 간에 진실하게 보고하도록 했고 소초에서의 애로사항을 말하면 반드시 조치해주어 그들이 부담 없이 말할 수 있게 한 것이다.

그렇게 2년간을 소년은 최전방에서 젊은이들과 함께 보냈다. 그들은 최전방에서 근무한다는 자부심과 서로를 믿는 전우애로 한마음이 되어 단 한 건의 사고 없이 모두 군 생활을 잘 마치고 사회로 돌아갔다.

특수한 사내들

보통 사람들은 '공수부대'라고 하면 과거 3공화국 때 시위 진압을 했고 12·12 쿠데타 사건과 5·18 광주항쟁 시 시민들을 무력으로 진압한 부대를 떠올리며 좋지 않은 생각들을 가진 것 같다. 그러나 그러한 사건에 투입되었던 대부분의 공수부대원은 당시 권력을 갖고 있던 사람들의 지시에 의해 자신들이 부여받은 임무를 충실히 수행하려 했던 군인일 뿐이었다. 구성원 대다수가 봉급을 받는 직업군인들로 되어있는 공수부대는 부여받은 임무는 반드시 완수해야 하는 것으로 알고 있었던 것이다.

당시에 상급 부대로부터 시위에 가담한 주동자들은 불순분자들이므로 무력으로라도 완전히 제압하라는 임무를 수행하다 보니 진압과정에서 과격한 행동이 나왔던 것이다. 이는 당시 권력을 가진 사람들이 자기들의 정치적 목적을 위해 공수부대를 이용했던 것으로 그때 지시에 의해 현장에 출동한 대부분의 공수부대원도 정신적인 피해자인 것이다.

공수부대 본래의 임무는 전쟁이 벌어졌을 때는 적 후방지역에서 임무를 수행하는 것이고, 평시에는 무장 공비가 나타났을 때 최일선에서 공비 소탕 작전을 수행하는 것이다. 이제 그들은 과거와 달리 정치권력에서 벗어나 본연의 임무 수행을 위해 전력을 기울이고 있다.

공수부대라 불리는 특전부대에 소년은 세 번이나 근무하게 되었다. 특전부대는 주로 전투력이 우수한 부사관들 위주의 소수 정예로 구성되어 있는데 소년이 처음 근무할 당시에는 중대장을 팀장으로 하여 한 개 팀에 10여 명으로 편성되어 있었다. 그들 대부분은 서민 가정에서 자라나 운동을 좋아하거나 강한 정신력을 가진 성격들로 인해 군 복무를 하면서 봉급을 받는 특수부대에서 근무하고자 지원하여 선발된 부사관들이었다. 그들은 입대해서 6개월간 교육을 받고 하사로 임관 후 소속 부대에서 4년간 근무하다가 중사로 전역하게 된다. 4년간 근무 중 그들은 매년 천리행군을 포함하여 각종 훈련과 상급 부대 전투력측정 및 경호경비작전 등 한 해에 6개월 이상을 퇴근하지 못하고 근무했다.

위관급 장교들은 대부분 팀에서 팀장 및 부팀장으로서 팀원인 부사관들과 똑같이 생활해야 하므로 대부분의 장교는 특전부대에서 근무하기를 꺼렸다. 그래서 장교들은 일부 지원자 외에는 대부분 강제 선발하여 근무하게 했다.

소년은 대위 때 그렇게 특전부대에 차출되어 근무하게 되었다. 처음 부대에 도착하니 다른 야전부대처럼 중대장에 대한 예우가 전혀 없어서 황당했다. 그 부대에서는 중대장도 지휘관이자 전투원으로서 똑같이 생활하기 때문에 별도의 중대장 사무실이나 행정병도 없었다. 일반 부대에는 처음 부임하는 소대장들도 지휘자로서 공식행사로 취임식을 하고 소대장을 보좌할 전령도 있지만, 그곳에서는 중대장 홀로 모든 일을 해야만 했다.

처음 특전부대에서 중대장으로 근무를 시작한 지 며칠 후에 소년은 동계에 2주간 진행되는 혹한기 야외훈련에 참가하게 되었다. 20kg이 넘는 군장을 메고 50km를 걸어서 훈련지역으로 이동하는 중에 소년은 어깨가 저리고 발가락에 물집이 잡혀 발을 내디딜 때마다 통증을 참고 걸어야 했다. 목적지에 다다랐을 때 겨우 절뚝이며 걷고 있는 중대장에게 팀원들은 아무도 도와주지 않았고 몇 명의 인원들이 딱해 보였는지 "중대장님, 힘든가 봐요." 하기에 소년은 지휘관으로서 약한 모습을 보이지 않으려고 끝까지 행군을 완주했다.

2주간의 야외훈련이 끝나고 부대로 복귀할 때는 50km 거리를 전투 복장인 단독군장으로 하여 구보로 간다는 것이었다. 10km를 50분간 뛰고 10분간 휴식하면서 5시간 만에 부대에 도착하는 계획이었다. 그런 장시간 구보는 부대원들도 처음 하는 것이어서 구보가 시작되고 시간이 지날수록 몇 명이 열중에서 이탈하고 대부분의 대원도 힘들어했다. 소년도 힘들었지만, 더 힘들어하는 인원들을 보며 여유를 갖고 완주할 수 있었다. 부대에 복귀하고 나니 소년은 자신을 바라보는 대원들의 눈빛이 달라진 것을 알게 되었다. 그러면서 그들이 믿음직하다는 표정으로 "중대장님, 구보 좀 하시네요." 하는 말에 소년은 리더로서 자긍심을 느낄 수 있었다. 육체적으로 힘든 훈련을 그들과 똑같이 완수한 후에야 중대장에 대해 신뢰감을 보내는 그들의 모습을 보고 특전부대에서 거저 얻어지는 권위는 없다는 것을 깨닫게 되었다.

그 이후에도 소년은 그 부대에 근무하면서 많은 어려움을 이겨내야 했다.

한번은 상급 부대 전투력측정을 준비하기 위해 사격훈련을 하는데 시력이 안 좋아 표적이 잘 안 보였던 소년은 부담이 있었다. 연습 사격 간 중대장의 사격성적이 팀 평균인 명중률 85%에 훨씬 못 미치는 결과가 나오자 팀 고참 중사가 "에이, 우리 팀 사격은 이번에 포기해야겠다."라고 말하는 것이 아닌가. 이에 소년은 리더인 자신의 저조한 성적으로 팀 평균이 떨어지지 않도록 부단히 연습해서 측정 당일에는 부대 평균보다 웃도는 90%의 명중률을 올릴 수가 있었다. 그때 소년은 리더로서의 책임감이 자신도 모르게 엄청난 집중력을 갖게 한다는 것을 알게 되었다.

측정이 끝나고 한 달이 채 안 되어 한 달여간의 야외종합 훈련을 강원도 계방산으로 가게 되었다. 그 훈련 간 소년은 일반부대에서 종종 있었던 '소대장 길들이기'처럼 특전부대 팀원에 의한 '중대장 길들이기'를 체험하게 된다.

그곳에서 훈련하는 동안 모든 식사는 팀별로 야지에서 취사하여 해결했는데 한번은 산속 숙영지에서 2km를 내려와 대대장님과의 간담회를 마치고 숙영지로 복귀했더니 소년의 팀원들이 저녁 식사를 하고 오는 줄 알고 식사를 남겨두지 않았다고 하여 소년은 강원도 산속에서 별수 없이 그날 저녁을 굶을 수밖에 없었다.

그곳에서 야외훈련이 끝나고 마지막 단계로 특전부대의 상징이라 하는 천리행군을 하게 되었다. 천리행군은 400km를 1주일 동안 걷는 훈련으로 팀 단위로 50km씩 3일을 걷고, 지역대 단위로 50km씩 3일을 걸은 후 대대가 모여 100km를 주야로 지속 행군하여 부대에 도착하는 것이다.

특전부대 천리행군이 특히 힘든 이유는 행군할 때 전시에 적 후방지역에서 작전하는 부대인 만큼 모든 장비와 식량을 휴대해야 하므로 개인별로 메고 가야 하는 군장이 엄청 무겁기 때문이다. 행군 간 소년은 처음 3일을 잘 버티다가 4일 차에 발목이 접질리면서 고통스러운 시간을 보냈다. 그렇게 참으며 행군을 하다가 소년은 또 '중대장 길들이기'가 있었음을 알게 되었다. 각자의 군장 무게가 달랐던 것이다. 팀 선임담당관인 상사는 자신의 배낭에 침낭 등 개인 필요 장비만 넣어 팀장의 군장 무게에 비해 1/3도 되지 않았고, 팀 내 고참 격인 중사들 군장에도 식량은 들어있지 않아 팀장의 군장보다는 훨씬 가벼웠던 것이다. 팀장과 비슷하게 군장이 무거웠던 인원은 천리행군을 처음 하는 인원 4명뿐이었다. 그런 사실을 알고 화가 났지만 일단 그들이 하던 대로 해보기로 맘먹고 끝까지 참고 행군을 완주했다. 그렇게 해서 마침내 부대 정문을 통과하니 힘든만큼 짜릿한 감정을 느꼈고 짐 정리를 하면서는 한 명의 낙오자 없이 끝까지 완주한 팀원들이 그저 자랑스럽다는 생각만 들었다. 그렇게 소년은 가장 힘든 천리행군을 마치고 나서 특전부대 리더로서의 모습을 갖추게 되었다.

이듬해에 두 번째 천리행군을 할 때 소년은 놀라운 사실을 발견하게 된다. 팀장인 소년의 배낭에 침낭과 개인장비 외에는 아무것도 넣지 않은 것이 아닌가. 그들은 첫 번째 행군을 하는 인원들에게는 졸병은 물론 리더인 팀장에게도 똑같이 무거운 군장을 메고 행군을 하게 한 것이다.

하지만 소년은 팀원들에게 전시 상황을 고려하여 팀 전원이 체력을 유지한 상태로 작전을 제대로 수행할 수 있도록 각자 군장 무게가 비슷하게 개인별 휴대 품목을 조정해 주었다.

특전부대에서 팀장으로서 1년 반을 팀원들과 함께 보내며 소년은 세상사의 이치를 배우게 되었다. 야전부대의 경우 장교들은 소속 부대에서 부사관들이나 병들보다 인간적으로 나은 대우를 받는다. 그리고 그들은 소속 부대원들이 장교들의 지시를 아무 말 없이 따르기 때문에 대부분의 장교는 자신들이 잘난 것으로 착각하게 된다.

그러나 특전부대 장교들은 부대원들과 똑같이 모든 훈련에 동참하면서 자신의 부대를 지휘해야 하므로 육체적·정신적으로 강한 의지를 갖고 있어야 한다. 또한 부하들이 부당하거나 부적절한 지시에는 곧바로 반발하기 때문에 합리적인 지시를 하기 위해 고민해야 하고, 팀원들과 공감대가 형성되어야 자발적으로 임무를 수행하기 때문에 임무 수행 전에 팀원들에게 그 목적과 구체적인 수행 방법을 잘 알려주어야 한다.

특전부대원들은 계급이 높다고 무조건 따르지 않는다. 그들은 언행이 일치하고 명분 있게 지시하는 상관을 마음속으로 오래도록 존중하며 끝까지 의리를 지키는 사내들이었다.

그들은 스스로 지원하여 선발된 자긍심으로 특전부대의 전투력이 강해야 한다고 생각하고 있으며, 팀장이 부임하면 처음에는 자신들을 무시할까 봐 검증 및 경계를 하다가 전투력을 갖춘 후에는 '길들이기'를 멈추고, 자신들을 위해주는 것을 알고 나면 충성을 다하는 진정한 사내들이었던 것이다.

올림픽 선수촌 경비

1988 서울 올림픽이 열리던 해에 소년은 특전부대에서 선수촌 경비작전을 수행했다. 선수촌 정문에서 특전부대원과 여군, 자원봉사자 등 50여 명과 정문으로 입장하는 모든 인원의 휴대 물품을 검색하여 위험한 품목을 가지고 들어가지 못하도록 통제하는 것이 주 임무였다.

선수촌 내 출입하는 사람들의 안전을 위해서 출입구에서 위험한 품목을 검색하는 것인데 일부 특권의식을 가진 사람들이 자신을 검색하는 것에 대해 불쾌해하며 여군 및 자원봉사자들의 검색을 무시하고 그냥 통과하는 등 검색이 제대로 안 되는 사례가 종종 발생하곤 했다. 그래서 소년은 검색대마다 특전부대원을 배치하여 출입하는 모든 사람을 예외 없이 검색하도록 지시하였고 검색을 거부하는 사람이 있으면 즉각 보고하도록 하는 등 철저한 대비를 하였다.

선수촌 출입 시에는 올림픽 조직위에서 사전 신원을 확인하여 신분별로 출입을 승인한 ID카드를 목에 걸고 출입하게 되어있었다. 외국 사람들은 지위가 높아도 모두가 조직위가 정한 출입 규정을 준수하는데 한국 사람 중 사회적 신분이 높다고 생각하는 일부 사람들은 그냥 통과시켜주지 않는다고 불평하거나 검색을 거부하는 경우가 있었다. 그럴 때마다 상급 지휘관에게 보고하면 그냥 통과시켜주라 하여 소년은 이해가 되지 않았다. 그러면서 한국에는 규정을 지키지 않아도 된다는 특권 의식을 가진 사람들이 적지 않다는 것을 알게 되었다.

한 번은 모 일간지 기자가 출입하려 했을 때 휴대한 카메라를 검색대에 넣어야 한다고 하니 그가 화를 내며 "어떻게 기자의 취재용 카메라를 검색대에 넣으라고 하냐."라며 "검색대에 넣었다가 카메라에 이상이 생겨 취재를 못 하게 되면 책임질 수 있느냐." 하며 근무 중인 대원들에게 반말 조로 따지듯이 말하는 것이었다. 그때 소년이 현장으로 가서 무슨 일이냐고 물으니 현장 지휘관인 소년에게도 반말 조로 "왜 이렇게 통제를 제대로 못 하냐."라고 하는 것이 아닌가. 이에 자신들의 지휘관에게 예의 없이 대하는 젊은 기자의 태도에 분노한 일부 대원들이 "뭐 이런 인간이 다 있어." 하며 그에게 달려들었다. 소년이 대원들을 말린 후 상급 지휘관에게 보고하니까 기자들을 건

드리면 피곤하니 그냥 통과시켜 주라는 것이었다. 그때 소년은
기자란 직책도 어느새 특권층이 되었나 하는 생각을 했다. 그
런데 다음날 소년은 모 일간지 기사를 보고 놀랐다. 기사에 '올
림픽 선수촌에서 근무 중이던 공수부대원 난동, 출입하는 기자
에 집기류 등을 부시며 행패 부려'라는 내용이 실려 있는 것이
아닌가. 그 기사를 보고 상급 지휘관이 왜 기자를 그냥 통과시
키라고 했는지 알게 되었고 어느새 기자란 직업이 사회적으로
상당한 영향력을 지닌 특권층이 되어버렸음을 알게 되었다.

　　올림픽이 끝나가면서 경기가 끝난 선수들이 선수촌 밖으로
외출을 많이 할 때였다. 하루는 외출했던 외국 선수 일행이 선
수촌으로 복귀하기 위해 정문을 통과하면서 그중 한 명이 검
색대에서 근무 중인 여군의 엉덩이를 툭 치고 들어가는 것이
아닌가. 그래서 그 여군 하사가 화가 나서 따지듯이 말했는데
그 외국 선수는 한국말을 못 알아듣겠다는 표정으로 사과 없
이 선수촌으로 들어가려 했다. 그 장면을 본 소년이 그에게 다
가가 영어로 '방금 당신이 한 행동은 한국에서는 매우 교양 없
는 행동이다.'라고 했더니 그 외국 선수는 얼굴이 빨개지며 'I'm
sorry, sir.' 하기에 다시는 한국에서 그리 행동하지 말라고 했더
니 'Yes, sir.' 하며 소년에게 경례하고 선수촌으로 복귀했다.

그런데 나중에 그 외국 선수가 왜 그렇게 함부로 여군 하사의 엉덩이를 만질 생각을 했는지를 알게 되곤 안타까운 마음이 들었다. 그들은 선수촌 내에서 근무했던 통역 자원봉사를 했던 젊은 여인 중 일부 인원이 그들과 친해지려고 외국 선수들에게 약간의 스킨십을 허용하는 사례가 있었단다. 그래서 그들이 한국 여인들에게는 그리 행동해도 괜찮은 줄로 착각하여 그런 일이 벌어졌던 것이다.

여군 지휘통제

1993년도 가을에 소령 진급이 된 소년은 수방사 직할 특공대대 정작 과장으로 근무하게 되었다. 당시 그 부대에는 특수작전을 수행하는 여군 1개 팀이 있었고 팀 편성은 팀장은 중위로, 팀원은 상사 1명과 중사 및 하사로 되어 있었다. 창설되었을 때는 전시에 여군만이 할 수 있는 특수작전을 수행하기 위해 각종 전투기술에 대해 훈련을 시켰는데 사령관이 바뀌면서 수방 사령부 행정지원 요원으로 운영했다가 문민정부가 들어서며 다시 전투부대로서 필요한 훈련을 시키라는 지침이 내려진 상태였다.

처음 소년이 훈련을 계획하고 통제하는 정작 과장으로 부임하자 여군 중대장이 중대원 10여 명을 데리고 와서 인사를 시키는 것이었다. 임관 이후로 처음 만나는 여군들을 보고 소년은 어찌 대할지 순간 망설이다 "잘 지내봅시다." 하는 말로 대신했다.

그런데 훈련을 담당하는 정작 과장 입장에서 본 여군 특임 중대의 모습은 2년간 행정업무만 했던 터라 처음부터 훈련을 다시 시켜야 하는 상황이었다.

그래서 소년은 남자 군인들과 거의 똑같이 훈련하도록 계획하여 통제했다. 그러자 곧바로 힘들다고 소원 수리가 제기되어 사령부 감찰실 조사를 받게 되었다. 그때 소년이 부대훈련 지침에 의해 훈련을 시키고 있다고 관련 지침과 실적을 제시하자 검열관은 천천히 단계적으로 시키는 게 좋은 것 같다고 얘기하고는 돌아갔다.

그런 일이 있고 난 뒤 소년은 더욱 강하게 훈련을 시키기로 했다. 당시 대대편성은 남자로 편성된 팀은 팀장은 중위로, 부팀장은 중사·상사로, 팀원은 병사들로 보직되어 있었는데 여군 특임 중대는 중위 팀장과 상사 부팀장 외에 팀원이 하사~중사로 편성되어 모두 간부급 급여를 받고 있었다. 그래서 여군 특임 중대원은 급여를 받는 만큼의 수준을 갖추어야 한다고 판단한 것이다.

먼저 평시 부대 인근에서 행하는 구보, 시가지 장애물 극복훈련 등의 모든 훈련을 똑같이 시켰고 훈련 수준이 오를 때까지 매번 감독하며 습성화가 되도록 했다. 이때 감독을 하는 간부는 여자로 대하는 것이 아니라 남자 군인들을 대하는 말투와 똑같이 하도록 했더니 아무 말도 나오지 않았다.

첫 야외훈련 시에 남자 부대원들은 야외에서 천막으로 숙영하는데도 여군 특임 중대를 인근 부대 막사에서 숙영하도록 했더니 일일 훈련이 끝난 후 온수 공급이 안 된다고 얘기하는 것이었다. 그래서 당시 여군들이 추위에 다칠까 봐 막사 숙영을 하도록 한 대대장께 "편성된 목적대로 훈련하지 않고 편하게 해주면 소원 수리는 계속 나오게 된다."라고 말하고 차기 훈련부터는 야외에서도 남자 대원들과 똑같이 천막에서 숙영하며 훈련하도록 하였다. 그랬더니 훈련 끝나고 숙영지 일대에서 캠프파이어를 하며 대대 단결행사를 할 때 함께 막걸리를 마시던 여군 특임 중대원들이 노래 한 곡 하겠다며 모두가 나와 우렁차게 군가를 불러 대대원들의 열광적인 환호를 받은 적이 있었다. 그렇게 그녀들은 제대로 된 훈련을 똑같이 받고 난 후 스스로 사기가 올랐던 것이다.

이어서 소년은 여군 특임 중대 수준을 한 단계 더 끌어올리기 위해 간부교육을 강화하기로 했다. 먼저 새로 보직된 중대장에게는 전시 수행해야 할 임무를 달성하기 위한 평시 과업을 도출해서 이를 어떻게 훈련할지에 대해 대대장님께 업무보고를 한 달 내에 하라고 지시했다. 그랬더니 그녀는 거의 한 달 내내 사무실에 남아 열심히 연구했고, 그런 사실을 보고 받은 정작 과장은 매주 내용을 검토해주며 독려했다. 한 달 후 수준 높은 내용으로 업무보고를 잘했다는 대대장님의 칭찬이 있고 난 뒤 정작 과장이 과 간부들과 함께 마련한 회식 자리에서 격려해주니 이후 그 중대장은 리더로서 확실한 주관을 갖고 적극적으로 근무하게 되었다.

그리고 특임 중대 중사급 이상 요원들은 훈련 과목에 대한 교관 능력을 구비해야 하므로 부사관들은 정작과 선임담당관 주관하에 훈련과목별로 남군 최고 교관에게 전수 하도록 했고, 중대장은 팀장을 마친 정보장교에게 전수하도록 하여 여군 특임 중대의 독자적인 훈련 시스템을 완성할 수 있었다.

아울러 여군과 남자 군인들 간에 선·후임에 대한 예의를 철저히 지키도록 하여 남녀 간의 애매한 관계라는 인식이 아닌, 같은 부대원이라는 생각을 갖자 업무수행이 더 원활하게 진행되었던 것이다.

1년 6개월 동안 여군 1개 팀을 지휘 통제한 경험에서 소년은 여군을 어떻게 대해야 하는지 정확히 알게 되었다.

군복을 입고 있는 그녀들은 군복을 입고 있는 여자가 아니라 군인이 된 여자이므로 같은 군인이라는 생각으로 남자 군인과 똑같이 대하면 될 뿐이라는 것이다. 그런 간단한 논리를 모르고 그저 여자로만 대하려는 일부 남자 군인들과 이런 심리를 이용해 자신의 신상 이득을 보려는 가짜 여자 군인들로 인해 이따금 언론에 오르는 안타까운 사건이 일어나는 것은 아닌가 하는 생각을 하게 된다.

1공수특전여단 대대장 일기

새 천 년이 시작되면서 소년은 1공수특전여단에서 대대장을 하게 된다. 대위 때와 소령 때에 두 차례 차출되어 특전사 근무를 했던 소년은 중령 진급이 되어 대대장 부임지를 선택하던 시기에 특전부대에서 못다 이룬 가치를 실현해보고자 지원하게 되었다. 특전사 대대장은 야전부대 대대장과 달리 상급 지휘관이 대령이 아닌 준장(원 스타)이고 대대 간부급 인원은 3~4배 정도 많아 훨씬 더 많은 권한이 주어지므로 그만큼 보람을 느낄 수 있다고 생각했던 것이다. 부임 전에 적지 않은 선배들이 만류했었다. 이제는 더 이상 특전사 경력을 쳐주지 않고 오히려 안 좋게 평가받을 수 있다고 한 것이다. 그러나 소년은 자신의 가치를 실현하기 위해 지원하였고, 그곳에서 대대장을 하며 가장 여한 없는 지휘관 생활을 하게 되었다.

소년이 취임한 1공수여단은 과거 전두환 여단장 시절에 근무했던 부사관들도 있었다. 그래서 그들은 특전사 부사관 중에서 가장 우수한 인원으로 편성되어 있었고 충성심도 대단한 편이었다. 그러나 한편으로는 정치권력에 휘둘리며 상관에게 무조건 따르는 것이 충성이라는 잘못된 생각을 하고 있었다.

소년이 대대장 취임을 하던 시기에는 장교 정년이 연장되며 진급 연차와 대대장 보직 기간이 함께 늘어나 대대장을 3년이나 하게 되었다. 그래서 소년은 서두르지 않고 취임 3년 차에는 대대원 모두의 수준이 한 차원 업그레이드되어 진정 수준 높은 부대가 되도록 하는데 목표를 두었다. 그런 생각으로 소년은 소년만의 독특한 지휘를 한다.

취임 이후 먼저 대대 핵심 간부인 팀장과 팀 선임담당관, 지역대장 및 행정보급관, 대대 참모장교 및 행정부사관들의 의식 수준을 파악하기 위해 2개의 숙제를 냈었다.

하나는 이면우 박사의 『신사고 20』이라는 책을 읽고 독후감을 써서 내라는 것이었다. 그 책은 새로운 발상으로 창의적이고 주도적으로 당면한 문제를 해결하는 방법들을 제시한 책인데 그 책을 읽고 대대 간부로서 주어진 임무를 수행할 때 어떻게 할 것인지를 물은 것이다. 모두 10~30년 간 군 생활을 한 간부들인데 이런 괴상한 숙제를 낸 대대장을 낯설게 생각해서인지 대부분의 독후감 내용이 형식적인 내용뿐으로 자신들의 생각은 담겨있지 않았다. 그런데 3명의 간부가 자신의 생각을 담아 적어냈고, 그래서 소년은 그 3명의 간부를 통해 대대 실상을 파악하기 시작했던 것이다.

두 번째 숙제는 대대장이 핵심 간부의 신상에 대해 알고 있어야 해결해 줄 수 있으므로 자신의 신상에 대해 대대장에게 알려줄 내용을 적어 내라고 했다. 그랬더니 또 간부 대부분이 이것은 첫 번째 숙제보다 더 황당하다며 아예 제출을 거부하는 이들도 있었다. 그런 것은 입대하여 자대에 온 지 얼마 안되는 졸병들만 작성하는 것이라는 선입관에서 벗어나지 못해 제출한 이들도 대부분 형식적으로 적어냈던 것이다. 그 와중에 4명의 간부가 현재 자신이 가진 관심거리를 알려주었고 대대장과 함께 어떻게 보람 있게 근무하고 싶은지를 적어내어 후에 그들을 통해 대대 저변의 분위기를 정확히 파악할 수 있었다.

특전부대는 전시에 팀 단위로 작전을 수행하는 부대이므로 평시에도 전시처럼 팀 단위로 임무를 수행해야 하는데, 행정 편의를 위해 각종 작업 간에 참모부 간부들이 임의로 팀 병력을 차출하여 작업하고 있어 팀별 훈련 여건이 보장되지 않고 있었다. 하루는 전 대대원 교육 시 작업으로 인해 팀 병력이 전원 집결하지 않은 몇몇 팀장에 대해 팀원을 제대로 통제하지 못한 책임을 물어 완전군장으로 얼차려를 준 적이 있었다. 그랬더니 그 작업을 시켰던 당시 대대장보다 7~8세 연상의 대대 군수담당관이 대대장실로 달려와 자신이 대대작업을 위해 팀 병력을 빼서 작업을 했는데 해당 팀장들에게 얼차려를 주면 자신의 체면이 뭐가 되느냐고 하며 따지는 것이었다. 그래서 소년은 그전에 대대장이 모든 부대 운영은 전날 대대장에게 보고되어 승인된 것들만 하되 반드시 팀 건제를 유지하라고 지시했는데 그 지시를 이행하지 못한 해당 팀 지휘관에게 책임을 물은 것이니 신경 쓰지 말라고 했다. 그랬더니 그 후로 팀 병력이 임의로 차출되는 일이 없어져 팀장의 권위는 점차 높아져 갔다.

팀 단위로 작전하는 부대에서 핵심은 팀장이고 그들이 주도적으로 근무할 수 있는 여건을 만들어야 했다. 그래서 대대장은 중대장들과의 간담회를 분기별로 갖기로 했다. 처음에 중대장들의 상관인 소령급 지역대장들이 함께 참석하니 중대장들이 눈치가 보여 자신들의 의견을 제대로 말하지 못하는 것을 보고 이후부터는 중대장들만 모이게 하여 1년 차 중대장부터 부담 없이 의견을 말하게 하니까 자연스러운 토론 분위기가 되었다. 때로 부대원 통제와 관련된 민감한 부분에 대한 토의가 계속되어 지루해질 무렵에는 담배를 피우는 중대장들에게 담배를 피우게 하며 편안한 분위기에서 각자의 소신을 말하게 하여 제대로 소통함으로써 대대장의 의도와 중대장들의 의도가 합치된 부대원 지휘를 하게 되었다.

특전부대는 최강의 전투력을 항시 구비해야 하므로 평시 전투력을 지속적으로 정확히 평가하는 것이 중요하다. 그런데 부임 직후 평가하는 것을 보니 참모부 부사관들이 평가하는데 자신과 친한 팀장 및 선임담당관이 규정대로 하지 않음에도 제대로 통제하지 않아 평가의 공정성에 의문을 제기하는 경우가 발생했다. 그래서 대대장이 절대 봐줄 수 없는 것이 평가의 공정성을 해치는 행위라고 강조하고 평가 시마다 확인했더니 대대평가에서 우수한 부대가 진짜 우수한 부대라는 생각을 갖게 되어 모두가 일상의 훈련을 열심히 하게 되었다.

특전사 대대장의 가장 큰 권한은 인사권이었다. 장교에 대해서는 대위 이하 장교들에 대한 보직 및 근무 평정 권한을 갖고 있어 장기 복무 및 진급에 많은 영향을 행사할 수 있었고, 부사관에 대해서는 장교들보다 훨씬 더 절대적인 진급과 보직 권한을 갖고 있었다. 그래서 주임원사를 비롯한 고참 부사관들은 대대장에게 줄을 대는 행태가 있기도 했다. 그러나 소년은 분야별로 인사를 할 때마다 소신껏 근무하는 간부들의 의견을 다방면으로 듣고 근무 실적과 능력에 맞는 간부들로 발탁함으로써 대대원은 대대장의 인사를 믿고 긍정적이고 적극적으로 근무하게 되었다.

개인 전투기술을 숙달하는 것은 평상시 대대장이 직접 확인할 수 있지만, 전시에 적 후방지역에서 실행해야 할 전술훈련은 그 전 과정을 알 수가 없었다. 그래서 소년은 전 팀원에게 훈련 간 수첩에 작전일기를 매일 작성하여 훈련 종료 후 제출하도록 했다. 그래서 대대장이 직접 모든 대대원의 작전일기를 읽으며 그 팀의 수준을 파악하여 평가함으로써 실질적인 수준을 높였던 것이다. 제대로 준비한 팀은 각 팀원이 계획 및 준비 과정에서부터 실행 간 문제점에 대해 적을 수 있었으며 심지어 똑똑한 인원들은 개선책에 관해서도 기술했던 것이다.

이렇게 해서 소년의 대대는 대대장 재임 기간에 받는 대대 훈련평가에서 특전사 최고의 부대로 평가받아 이라크 파병부대 1진으로 선발되어 임무를 수행하게 되었다.

하나의 부대가 가족과 같은 마음을 갖는다는 것은 쉬운 일이 아니다. 그래서 소년은 대대장 근무 간에 서로 한 가족이라는 마음을 갖도록 각종 행사에 적극적으로 개입했다.

특전부대에서는 매년 체육대회가 며칠간 크게 열린다. 우승하는 부대는 마치 전투에서 승리한 것 같은 기쁨을 누린다. 그러다 보니 일부 대대가 건제를 유지해야 하는 경기에서 잘하는 인원으로 허위 편성하여 나오는 경우가 있었다. 다른 부대의 그런 행태를 말하는 대대 간부에게 대대장은 "체육대회는 전투가 아니라 단결 활동일 뿐이며, 전시에는 그런 편법을 쓸 수가 없으니 진정 우수한 부대가 되려면 남이 어떻게 하든지 상관하지 말고 우리가 정당한 방법으로 하면 된다."라고 설득하였다. 그래서 체육대회 종합우승은 하지 못했지만 전 부대원이 나서서 맞서는 종목 경기는 거의 우승하게 되었다.

한번은 체육대회 권투경기에서 벌어진 일이었다. 대대별로 5명씩 대표선수가 나와서 경기를 벌여 3명이 승리하면 이기는 방식으로 진행되었는데 2:2에서 마지막에 나온 대대원이 경기 도중에 어깨가 탈골이 된 것이다. 순간 대대장이 기권하라고 지시했는데 권투 감독인 상사급 부사관이 어깨를 맞추었다고 경기를 계속하도록 했다. 그러다 그 대대원은 어깨가 다시 탈골되었는데 또 어깨를 맞췄고, 감독인 부사관은 선수 본인도

원하고 있으니 그대로 경기를 진행하겠다는 것이었다. 그래서 대대장이 감독인 부사관에게 가서 고함을 치며 중단시키라고 했고, 심판에게도 중단시키라며 뭐라고 해서 결국 경기를 중단시킨 적이 있었다.

그랬더니 다음 날 대대 주임원사란 이가 난리가 났다며 이후 사건을 전해왔다. 심판을 본 부사관은 전역을 앞둔 고참 부사관인데 어린 대대장에게 수모를 당했다며 제대로 사과하지 않으면 가만있지 않겠다고 했다는 것이다. 또한 권투 감독을 맡았던 부사관은 자기도 어느 정도 고참 부사관인데 대대장이 부하들 앞에서 자기를 야단쳐서 창피하다며 술 마시며 울고불고했단다. 이후 그들을 불러 왜 대대장이 경기를 중단시켰는지 물어보니 그 이유를 알지 못했다. 그렇게 그들은 단순했던 것이다. 그래서 "당신도 아들이 있지 않냐, 만약에 당신 아들이면 그런 상황에서 계속 권투경기 하게 할 수 있느냐!" 하며 소리를 치니 그제야 무엇이 잘못된 것인지를 이해한 것이다. 그리고 "어깨가 탈골되었는데 대대원이 열렬히 응원하는 상황에서 어느 선수가 스스로 기권하겠다는 말을 할 수 있겠느냐?" 하며 그런 것은 책임 있는 간부가 결정해주는 것이라고 확실히 알려주었고, 전투를 하는 것도 아닌데 체육대회를 하며 부대원을 불구자로 만들면 절대 안 된다는 것을 전 부대원들에게 인식시켰다.

여담으로 소년이 대대원 간 돈독한 전우애를 갖도록 한 돌 반지 작전을 소개하고자 한다. 소년이 특전사 9공수여단 중대장 시절에 아들 돌잔치에 돌 반지 선물을 2개만 받은 적이 있었다. 그때 지역대 중대장들 명의로 받은 1개와 중대원이 방문 시 가져온 것이 전부였다. 소년의 친족이나 친구들은 형편이 여의찮아 그냥 오거나 옷가지를 가져왔을 뿐이었다. 그 후 소년은 한동안 애 엄마로부터 어이없다는 소리를 들었다. 그래서 대대장으로 근무하면서 아이들 돌잔치를 하는 팀장과 팀 선임 담당관들의 사기를 올려주기 위해 돌 반지 작전을 실행했던 것이다.

당시 40대 이상인 10여 명의 부사관은 돌잔치에 올 연령대가 아니고 부모 장례식이나 자녀 결혼식에 다닐 나이였다. 그래서 소년은 대대장으로서 그들에게 말했다. "대대 후배 부사관 자녀 돌잔치에 선배들이 거의 안 오는 것 같아 안타깝다. 대대장은 재임 기간에 매번 들를 예정인데 가급적 많이 와서 격려해주는 분위기가 되면 참 좋겠다. 그리고 장교와 부사관으로 나눌 필요 없이 경조사에는 대대원 모두가 함께하면 좋겠다."라고.

그랬더니 이후 그들의 돌잔치에는 20~30개의 돌 반지가 선물로 오게 된 것이다. 고참 부사관이나 영관급 지역대장의 경우 개인별로 최소한 반 돈짜리는 해왔기 때문이다. 그리고 돌잔치에서 대대장이 직접 양가 부모님께 인사를 하며 아들(사위)이 근무를 잘하고 있어 감사하다고, 며느님(따님)이 남편이 근무를 잘하도록 내조를 참 잘해주고 있어 감사하다고 전하니 이후 그들은 부대가 상급 부대 평가나 훈련 등으로 바쁠 때 스스로 앞장서서 준비했던 것이다.

당시 의무 복무하는 병사들의 자기 계발 여건을 마련해주라는 정부 방침에 따라 소년의 부대도 10여 개 과목을 선정하여 동호회 활동을 했다. 그러다 소년이 대대장을 마치기 전에 발표회를 하게 되었다. 기본 지침을 주고 발표회 며칠 전에 리허설을 점검하던 소년은 깜짝 놀랐다. 대대원이 너무도 열정적으로 준비한 것을 보았기 때문이다.

공연 첫 순서는 음악부로 구성된 대대 밴드에 의한 축하 공연이었다. 교회에서 성가대 지휘를 하던 중사 한 친구가 이를 이끌었다. 이어서 영어회화부의 팝송 합창, 태권도부의 격파 시범, 천리행군 및 대대훈련평가 소감문 낭독, 부모님께 보낸 편지 낭독, 밴드 공연, 이등병의 편지 등 합창, 부대가 합창 순으로 진행되었다. 이렇게 1시간 40분의 공연이 금방 지났다. 초청 관객들은 생각보다 높은 수준에 놀랐고 열정적인 모습에 적잖은 감동을 받았다고 하였다.

그렇게 소년은 3년간 대대장으로 근무하고 떠나면서 대대원과 함께 소중한 추억을 간직하게 되었던 것이다.

구속되니 보이는 것들

병장 출신의 노무현 대통령 시절에 박근혜 의원 지역구 옆에서 근무했던 소년은 구속이라는 황당한 경험을 하게 된다. 당시 병장 출신의 대통령에게 잘 보이려는 군의 장성들 덕분에 보급되지도 않는 사제 속옷을 입게 하며 엄마들이 목욕탕 갈 때 쓰는 목욕용품 바구니를 사용하게 하는 지휘관이 근무를 잘하는 것으로 평가받던 때였다.

소년은 두 번의 진급에 낙선되어 근무할 곳을 찾던 중에 경북 성주에서 예비군 훈련을 시키는 부대에서 두 번째 대대장을 하게 되었다.

가서 보니 대대원은 100명이 조금 안 되었고 병사들은 대부분 예비군 훈련 시 조교 임무를 수행하고 그 외에는 조교 임무 수행 준비를 하며 기본 행정업무를 하고 있었다. 대대는 성주와 고령 두 개 군을 담당했고 예비군 지휘관은 읍·면 별로 20명 가까이 근무하고 있었다. 대부분 대위에서 소령으로 전역 후 예비군 지휘관으로 근무하던 그들은 소년보다는 장교 임관이 한참 빨랐고 나이도 거의 5~10년 정도 위여서 소년은 그들을 대하는 것이 다소 부담스러웠으나 서로 존중하며 근무해 나갔다.

그러다 6개월 정도 근무할 무렵 예비군 지휘관 1~2명과 대대 내 군무원과 주임원사의 근무 태도에 문제가 있어 조사하던 중에 역으로 대대장인 소년이 구속되게 된 것이다. 자신의 처벌을 두려워한 그들이 먼저 대대장을 공격한 것이었다.

그들이 허위로 전역한 병사의 명의를 도용하여 대대장이 문제가 많은 것으로 조작하여 투서함으로써 연대 헌병수사관이 조사 후 사단 헌병대로 이첩하여 본격적인 수사에 착수한 것이다.

소년이 헌병대에 불려가 조사를 받던 날 그들의 농간이 어디까지인 것을 몰라서 구속 적부 심사할 때 군 판사에게 그들이 알려주는 대로 "모든 것이 다 지휘관의 불찰이라고 생각한다."라고 하여 완벽하게 구속되어 버렸다.

구속되고 나서 그들이 작성한 조서를 보니 어떤 조작에 당한 것 같아 헌병대 구속 2주 기간 중 헌병조사를 믿지 못하겠다고 하며 묵비권을 행사했다. 이후 2주 더 구속 상태에서 군검찰 조사를 받으며 대질심문을 거쳐 기소유예로 나오게 되었다.

소년이 기소유예로 나오는 날, 소년을 조사했던 헌병 수사관 준위는 소년에게 모든 헌병 수사는 헌병대장 의도대로 진행된 것이고 자신은 지시대로 수사한 것뿐이니 오해하지 말라고 하는 것이었다. 진급을 앞둔 3사 출신 헌병대장이 육사 출신 중령의 비리를 파헤쳤다는 실적을 올리려고 했다는 뜻이었다.

그들이 최초에 소년을 구속한 건 성추행, 감금죄, 술 강요죄, 공금횡령죄, 가혹행위 및 구타였다.

최초에는 피해자가 대대 간부 11명과 운전병, 당번병이라고 했다가 나중에는 전역하는 인사장교 중위 1명과 운전병, 당번병으로 바뀌었다. 왜냐하면 나머지 간부는 그들도 모르게 피해자가 되었기 때문이다. 헌병 조서에 그들도 피해자가 되어 있기에 합의서가 필요하다고 하니 그들은 기꺼이 합의서를 작성해주었던 것이다.

그런데 대대장이 근무 상태가 매우 불량해 처벌하려 했던 군무원과 주임원사는 피해자에도 빠져있었다. 실질적인 주동자인 그들은 자신들의 존재가 알려지는 것을 꺼렸기 때문이었다. 그들은 처음에는 자신들을 제외한 전 간부로 꾸몄다가 다른 간부들 대부분이 합의서를 작성해주자 전역하는 인사장교와 운전병, 당번병을 조종하여 끝까지 대대장을 구속 상태에 몰아넣었던 것이다.

성추행 건은 최초 헌병조서에 대대장이 숙소에서 대대 인사장교의 입속에 혀를 넣는 등 동성애의 상대로 추행했다는 것이었다. 조서 내용을 보고 어이가 없었던 소년은 검찰 조사 때 대대장이 20년 어린 남자 인사장교에게 근무를 잘한 날에 남자 간부들 몇몇이서 술 한잔 할 때 칭찬하는 뜻으로 볼에 뽀뽀해준 것이라 했는데 본인이 수치심을 느꼈다고 하여 그 정도에서 인정하였다. 감금죄는 지원 장교 중위가 자기가 할 업무를 제대로 하지 않고 휴가를 간다고 하여 업무를 다 마치고 그다음 주에 보내주었는데 명령이 난 상태에서 휴가를 보내지 않았다는 이유로 감금죄에 해당한다고 하였다. 술 강요죄는 전 간부에 대해 적용되었는데 퇴근 후 홀로 지내던 대대장이 주 1~2회 몇몇 간부들과 교대로 한잔하며 대대장 자비로 다 지불한 사실을 가지고 술 마시기 싫은 간부가 마지못해 나온 경우가 있다면 군법상 술 강요죄에 해당한다고 하여 엮었는데 그에 해당하는 건으로 피해자가 된 모든 간부가 바로 합의서를 작성해주어 해명되었다.

공금 횡령죄는 인사장교인 중위가 대대장의 죄가 점점 벗겨지는 데 대한 불안한 마음에서 추가로 진술한 것으로 대대장이 읍면대에 현장 지도를 다니며 식사를 같이한 후 읍면대에 근무하는 상근병에게 격려금을 자비로 주다가 대대장 운영비를 관리하던 인사장교에게 2만 원을 받아서 주고 격려금으로 정리하라고 했던 것을 인사장교가 불법인 줄 잘못 알고 진술한 것으로 정정되었다.

가혹행위 및 구타 건은 운전병 및 당번병에게 가한 죄로 기록되어 있었는데 대대장이 아들 나이와 비슷한 그들에게 업무수행 간 지적을 하며 머리를 쥐어박는 시늉을 한 것과 게으름 필 때 언성을 높인 것 등을 가혹행위로 언급하였던 것이다. 그들은 대대장의 아들이 입대 전에 들렀을 때 함께 영화도 보고 놀았던 관계였다.

그렇게 소년은 4주 구속 후 기소유예로 나왔다. 그랬더니 사단에서는 한 달간 휴가를 주고는 소년에게 2군 지역 중에서 가고 싶은데 보내주겠다고 했고 이후 소년은 서울에서 가장 가까운 사단에 원하는 보직인 사단 교훈 참모로 근무하게 되었다. 참 희한한 군 조사였고 인사행정이었다.

사단장과 연대장은 소년의 육사 선배였는데도 헌병에서 잘못 조사된 것을 믿고 그들에게 동조했다가 소년이 거짓 구속

건에 대해 거의 다 밝히고 나오자 미안한 마음에 그렇게 인사 조치한 것이었다. 참 비겁하고 한심한 자들이었다.

그리고 당시 소년의 아내는 재판에 회부되어 집행유예 이상의 형이 나오면 군인연금을 못 받게 된다는 헌병대장의 겁박에 넘어가 소년이 진실을 파헤치라고 면회하러 왔을 때 적어주었던 내용을 그대로 헌병대장에게 전해주어 그들이 소년의 구속을 정당화하는 데 상당한 도움을 주었다. 그녀의 예상보다 소년이 쉽게 기소유예로 나오자 헌병대장이 소개해 준 변호사의 변호사비 500만 원과 인사장교 및 운전병에게 준 합의금이 아깝다고 했다.

그 사건이 15년이 지났는데도 소년이 구속되어 있을 때 본 사람들의 모습은 아직도 생생해서 소개하고자 한다.

당시 사단장은 구속 상태에서 나온 소년과 만난 자리에서 "너만 왜 지역에서 민원을 일으키고 다녔느냐?"라고 하기에 그때까지도 잘못 보고 받은 사실을 진실로 알고 있는 그에게 소년이 직접 사실 자료를 확인하여 보냈더니 법적인 절차는 문제가 없으니 필요하면 법무부로 문의해보라는 답을 보냈다. 그 후 소년이 근무했던 대대에 와서는 대대 간부들에게 "너희들이 대대장의 마음을 어떻게 알겠느냐."라고 했다는 말을 전해 듣고는 정말 한심한 자라는 생각이 들었다.

연대장은 소년의 1년 선배로 그 전부터 알고 있는 관계였는데 그자가 결정적으로 헌병의 조작된 조서에 겁을 먹고 동조하여 소년이 구속되었던 것이다. 소년이 구속되던 날에 그자는 소년에게 "넌 어떻게 그렇게 병사들을 괴롭힐 수 있었냐?"라고 했는데 이후 풀려난 소년이 이유를 물어보기 위해 만난 자리에서 후배 대대장을 대동하고 와서는 "그때 왜 내 말을 안 믿었느냐?" 하는 소년의 질문에 술만 계속 권하다가 소년이 재차 계속 질문하자 웃으면서 "그 사건은 대대장이 너무 순진해서 그렇게 된 거야."라고 말했고, 소년은 그 말을 듣고 그자는 이미 상당히 썩어있다는 것을 알게 되었다.

대령 진급을 마지막으로 앞두고 있던 그해에 소년의 동기생 2명이 소년의 구속을 자신의 출세에 이용하려는 짓을 했다는 것을 알게 되었다. 1명은 2군 기무부대에 근무하던 중에 기무부대에 허위 제보된 것을 사실인 양 소년에 대해 술 취하면 주사가 좀 있다고 떠들었고, 또 다른 1명은 당시 진급 심사위원이 될 가능성이 있는 사단장에게 잘 보이기 위해 구속된 소년에게 술 먹고 추태 그만 부리라며 성경 관련 책자를 넣어주면서 사단장님 만나서 잘 말씀드리겠다고 했던 것이다. 그들은 아직도 소년을 피할 뿐, 사과는 하지 않고 있다. 물론 그들의 논리는 그때는 그런 줄 알고 그랬다는 허접한 변명뿐이다.

그래도 그때부터 현재까지 소년을 믿어준 동기생이 훨씬 많고 당시에 적극적으로 도와주려고 한 동기생들도 있었다. 그래서 소년은 동기생 모임에 지금도 당당하게 다닐 수 있다.

소년이 구속되어 있을 때 소년의 혈족들이 다녀갔다. 당시 소년의 아내가 남편 때문에 고생하는 자신의 모습을 자랑하려고 뒤늦게 연락한 것이다. 무덤덤한 표정인 형 부부의 모습과 달리 아버지와 누나는 "네가 왜 여기에 있냐?" 하기에 소년은 눈물을 참고 잘못한 것 없으니 곧 나가게 될 거라며 안심을 시켰다.

그런데 소년이 구속에서 나온 후 휴가 기간 중에 형제들과 저녁을 먹고 헤어지는데 누나 남편이란 자에게서 이상한 소리를 들었다. 그는 "이젠 사람들에게 상처 주면서 살지 마라."라고 하는 것이었다. 어이가 없었다. 그는 거짓말을 일삼았고, 마침내 소년의 누나가 자살로 생을 마감하게 하였다.

소년의 누나 남편과 같은 또 한 사람은 전처의 아버지였다. 그는 전화 통화 시 "겸손하게 살라." 하며 훈계했다. 그 후 소년이 처가에 들러 처가 형제들과 술을 마시고 귀가하기 전 안방에 있는 장인에게 인사하려던 때다. 맏사위인 소년에게 손아래 형제들이 다 듣는 데서 "내가 정말로 부탁이야, 술 좀 줄여." 하기에 소년은 말 않고 곧바로 집으로 가 버렸다. 아버지도 그렇게 말하지 않는데 하면서. 당시 전처의 아버지가 그리 말했던 것은 전처가 그 아버지에게 헌병에서 조작된 최초 조사 결과만 알려주고는 이후 확인된 억울한 사정은 정정해서 말하지 않았기 때문이었다.

그때 당시 서울에서 법무법인을 운영하던 고교 동창인 변호사 친구가 찾아와서 하는 말이 당시 바뀐 군 상황을 말했던 것 같다. 그가 사건 조서를 보고 나서 담당 수사관에게 "이런 것으로 죄를 걸면 안 걸릴 사람이 어디 있겠냐?"라고 하니까 수사관은 아무 말도 하지 못했다. 이어 그는 소년에게 "이 바보 같은 친구야, 인제 그만 군에 충성해라. 고작 이런 대접 받으면서 뭐 하러 열정을 바쳐 근무하냐." 하며 "너 정의가 뭔지 아냐? 힘 있는 자가 정의야." 하는 것이었다. 그 말을 듣고 소년은 당시 적지 않은 군인들의 정신이 오염되어 있다는 것을 깨닫고 군을 떠날 때가 되었음을 느꼈다.

감동을 준 전우들

27년 간 군 생활을 하면서 소년은 사람에게 감동받은 순간을 기억하고 있다. 그중에서도 오래도록 여운이 남아있는 기억을 상기해 본다.

첫 번째로 임관 후 첫 근무지에서 만난 소대원들이다. 동상 사고로 6개월 만에 소대장직을 그만두었지만, 그 기간에 소대원들과 내무반에서 거의 함께 지내며 형제 같은 정이 들었나 보다. 소대장직 이후 대대 교육장교로 근무한 지 1년이 지났을 때 후임 소대장이 상의할 게 있다고 하여 만났다. 그는 3사 출신 장교였지만 소년의 고교 2년 후배였다. 그때 그가 웬 설문지 묶음을 내보이며 보라는 것이었다. 그것은 그가 소대장직을 1년간 수행하며 소대원들에게 소대장에게 하고 싶은 말을 적어보라고 했던 설문지인데 1년 전에 소년과 함께 근무했던 병사들 전부가 1년 전 소년이 소대장 하던 때가 그립다는 내용을 적은 것이었다. 그 내용을 보고 어찌해야 하나 하다가 고교 선배에게 상의하러 왔다는 후배에게 소년은 술 한잔을 따라주며 그저 동생들처럼 대해주었다는 말만 해주었다. 그런데 소대원들이 적은 내용이 떠오를 때마다 정작 소년이 그들의 모습에 감동하게 되었다.

전방에서 중대장을 하며 비무장지대 소초에 대한 현대화공사를 한창 할 때였다. 중대장인 소년이 공사 간에 분대별로 공사 임무를 부여하고 현장을 계속해서 확인하러 돌아다니고 있을 때 당시 일병인 한 병사가 소대별로 준비해 간 칡차를 한잔 들고 와서는 권하는 것이었다. 당시 새로 부임한 중대장에게 병사 대부분이 거리를 두었는데 그 병사는 휴식 시간에 아무 간식도 먹지 않고 공사 현장을 확인하러 다니는 중대장이 안쓰러워 차 한잔을 갖다준 것이었다. 그 후 공사 기간에 그 병사를 유심히 보았더니 일병임에도 불구하고 항상 웃으면서 적극적인 모습을 보였다. 그래서 소년은 공사가 끝난 뒤에 그 병사를 중대장의 통신병이자 비서실장 격인 전령으로 발탁하였다. 그 병사가 전령으로 근무할 때, 때때로 중대장이 업무 중에 화가 나는 일이 있으면 거의 그 병사에게 야단치곤 했는데 그때마다 그는 웃음을 잃지 않고 차 한잔을 갖다주면서 "중대장님, 차 한잔하시고 기분 푸십시오." 하는 것이었다. 그런 그의 성격이 마음에 들어 병장이 되어서는 중대 보급병으로 보직함과 아울러 중대 본부 병 분대장으로 역할을 부여하자 중대 보급품을 공정하게 나누어주었고, 병사들의 애로사항을 중대장에게 적시에 조치할 수 있게 알려주어 중대원의 신망을 받았다. 그런 그가 전역을 앞두고는 소년에게 신선한 충격을 안겨 주었다.

전역 전 말년휴가를 다녀온 그가 45일 병역 면제 혜택을 받는 대학 재학 증명서를 가져오지 않았다는 것이 아닌가. 그 얘기를 듣고 중대장이 그를 불러 술 한잔을 따라주며 물어보았다. 그랬더니 그는 예전에 부모님이 이혼했고 현재는 각자 재혼 하셔서 전역해도 마땅히 갈 곳이 없어 그랬단다. 그래서 소년이 그러면 앞으로 어떻게 하겠느냐고 물으니 그는 "아버지는 자기 가 없어도 잘 살겠지만, 어머니에게는 자기가 있어야 도움이 되기에 어머니와 같이 지내려고 생각한다." 하는 것이었다. 그 말을 듣고 중대장보다 다섯 살이나 어렸던 그 병사가 자신보다 훨씬 큰 어른으로 느껴졌다. 그러면서 그래도 군 복무를 45일 이나 더 하면 어떻게 하느냐고 걱정했더니 그는 중대장에게 가 슴이 탁 막히는 말을 했다. "중대장님, 남자는 자신을 믿어주는 사람에게 목숨을 바친다고 하지 않습니까. 저는 중대장님이 믿 어주셔서 군 생활을 정말 행복하게 했습니다. 그래서 현재 돌 아갈 집이 마땅치 않아 조금 더 하려 하는 것이니 걱정하지 않 으셔도 됩니다." 그렇게 말하며 그는 즐거운 모습으로 군 복무 를 45일 더 하고 웃으며 떠났다.

1공수여단 대대장으로 부임한 지 1년쯤 지났을 때였다. 당 시 대대장들은 휴일에 여단 테니스장에서 거의 매주 운동모임 이 있어 중학교에 다니던 아들과 함께 할 시간이 거의 없었다. 그래서 하루는 운동 시간 이전에 사무실로 출근하면서 아이에 게 한 시간 후에 아버지 부대로 오면 탁구를 쳐주겠다고 했다.

그러다 대대 야외훈련 계획을 검토하다가 시간이 지체되어 아이가 왔을 때까지 끝내지 못해서 우선 당번병에게 함께 쳐주고 있으라고 했다. 그렇게 한 시간이 지나 테니스 모임에 갈 시간이 되어 아이에게 미안하게 생각하며 대대 출입구 안에 있는 탁구대에 가보니 영내 고참 하사가 아이에게 탁구를 가르쳐주고 있는 것이었다. 아마도 당번병이 탁구를 잘하지 못하니 대신 나섰나보다 하는 생각에 그에게 부탁한다는 말을 전하고 테니스장으로 갔다. 저녁 늦게 운동모임을 마치고 귀가해서 아이에게 "아버지가 탁구 쳐준다고 해놓고 함께 못해서 미안하구나." 했더니 아이가 "아니에요, 아버지 가시고도 한 시간 이상 더 쳤어요." 하면서 재미있게 쳤다는 표정을 짓는 것이 아닌가. 순간 이해가 안 되었다가 조금 놀랐다. 아들의 표정에서 아버지와 칠 때보다 훨씬 더 재밌게 쳤다는 느낌을 받았던 것이다. 그리고 이내 또 놀랐다. 그럼 그 고참 하사는 왜 그렇게 내 아들을 데리고 재밌게 쳐 주었을까? 곰곰이 생각해보니 어쩌면 그가 대대장에게 고마운 마음을 갖고 있어서 대대장 아들에게 동생처럼 그리 잘 대해주었겠구나 하는 생각이 들었다. 그러자 정말로 대대장으로서 부하들에게 잘해야겠다는 다짐을 하게 되었다.

그리고 2년 후 그가 전역을 앞둔 고참 중사가 되었을 때 대대 전술 훈련평가가 있었다. 부대 방침상 전역일 1개월 전에는 야외훈련에 열외 시키도록 되어 있었기에 그는 참가할 필요가 없었다. 그런데도 함께 전역하는 동기들을 독려하여 마지막 대대훈련평가에 동참해서 대대장과 함께 최고의 실력을 보여주자고 하여 대대가 최고의 성적을 거두는데 커다란 기여를 해주고 떠난 것이다.

합동참모본부에서 근무할 때였다. 당시 국방개혁 일환으로 정책부서에 근무하는 병사들의 편성을 축소하여 모든 문서 행정업무를 중령급 담당자가 직접 해야 하던 시기였다. 그래서 소년은 휴일에도 열심히 연습하여 어느 정도 숙달되었는데 문제는 소년이 작성한 커다란 조직편성표를 출력할 대형 프린터가 근무하던 부서에 없어 그때마다 전산실에 가서 그곳에서 근무하는 여 근무원들에게 빨리 좀 부탁한다며 사정해야 했다. 전산실에 근무하는 여 근무원들의 급수가 중령인 소년보다는 한참 낮지만 부탁하는 처지이기에 최대한 예의를 갖추어 부탁하였고, 때로는 간식을 사 가기도 했다. 그랬더니 전산실 여직원들이 소년이 들고 간 보고서를 우선으로 프린트해주어 소년은 업무를 차질 없이 수행할 수 있었다.

그 후 4년 뒤에 소년은 고참 중령으로 전역을 앞둔 입장이 되어 합참에 다시 근무하게 되었다. 그때 새로 편성된 부서에 보직되어 각종 사무실 비품을 지급받아야 했다. 후배 중령 총괄장교가 "선배님, 전에 합참에 근무하셨으니 전산실에 컴퓨터 좋은 것으로 달라고 전화 좀 해주십시오." 하길래 소년이 전산실에 전화해서 그 여 근무원에게 오랜만이라고 인사하며 다시 이 부서에서 근무하게 되었으니 전산기 좀 부탁한다고 말했다.

그랬더니 소년의 컴퓨터만 신형으로 보급되었고 다른 장교들 것은 구형이었다. 고참 중령인 소년보다 후배 장교들이 열심히 근무해야 하므로 그들이 신형 컴퓨터를 사용해야 하는데 전산실 여 근무원은 그 전에 알고 있던 소년에게만 신형을 주었던 것이다. 본의 아니게 후배 장교들에게 미안한 마음이 들어 다시 전산실에 전화해서 "제게 신형 컴퓨터 주신 것은 감사한데요, 이젠 고참이 된 저보다 더 열심히 근무해야 할 후배 장교들이 좋은 것을 써야 하니 제 것을 바꿔서 쓰도록 해주시면 안 될까요?" 하니까 그 여 근무원은 알겠다고 하면서 그러면 소년의 부서 전 장교의 컴퓨터 4대를 신형으로 바꿔주겠다고 하였다. 그런 그녀의 배려로 소년은 졸지에 후배 장교들로부터 열광적인 박수를 받게 되었다. 그래서 소년은 1년 후 다시 합참을 떠나며 근처 식당에서 예전에 함께 근무했던 근무원들과 함께 전산실 여 근무원을 초대하여 정말로 고마웠다는 마음을 전했다.

제4장

인생의
전환점에서

31년 된 군복을 벗으며

1980년도 1월 말에 아버지께 큰절하고 태릉으로 향했던 소년은 31년이 지나 2011년도 5월 말에 군복을 벗게 되었다.

육사 생도로서 4년간의 교육을 마치고 1984년도에 임관하여 전국 16개 부대에서 근무하다가 마침내 사회로 돌아오게 된 것이다. 전역하던 날에는 31년의 세월이 마치 인생의 책 한 장을 넘기는 것처럼 순간에 지난 듯했다.

돌아보니 임관 이후 20여 년간은 열정을 바쳐 근무했던 것 같다. 그러다 대령 진급에 떨어진 이후의 마지막 4년은 정신적으로 힘들게 지냈다. 군 진급 방침이 진급 시기에 3년 차까지 진급이 안 되면 이후에는 해당 계급에서 연령 정년 때까지 근무하게 되어 있는데 했던 업무를 또다시 하게 되어 근무하는 데는 어려움이 없었지만, 후배들 밑에서 근무해야 하는 상황에 부닥치니 정신적으로 부담이 되었던 것이다. 그래서 소년은 결국 정년 이전에 조기 전역을 하는 명예전역 신청을 하게 되었다.

전역하는 날 소년은 문득 31년 전 자신의 모습이 떠올랐다. 그 때에 비하면 소년은 많이 성숙해 있었다. 초등학교 5학년 때 엄마가 떠난 후 경제적으로 어려워져 고교 때에는 거처를 10여 군데 옮겨 지내며 운 좋게 육사에 진학하여 국가에서 교육하고 직장을 주어 전국을 다니며 소신껏 근무할 수 있었다. 그래서 소년은 장교로서 주어진 임무를 완벽히 수행하려 했으며 병사들에게는 군 복무가 보람된 기간이 되도록 그들의 지도에 최선을 다했던 것이다.

전역하는 날에는 병사들이 전역할 때 느끼는 심정처럼 시원섭섭한 감정이 느껴졌다. 30여년 간 정들었던 군복을 벗으며 섭섭한 마음도 있었지만 이제 원래 있었던 사회로 돌아와 자유로이 살게 되었다는 후련한 마음도 느꼈던 것이다.

소년은 전역을 앞두고 고향인 서울시 영등포구 신길동으로 돌아와 어릴 적 순진했던 시절처럼 새롭게 살아가기로 했다. 그래서 일자리도 군 관련 업체가 아닌 곳을 알아보게 되었다. 비록 군 경력이 고려되지 않아 보수는 적더라도 일반사회 속에서 보통 사람의 삶을 살아가고 싶었기 때문이었다.

　　고향에 돌아와 어릴 적 친구들을 만나니 그들은 소년을 보고 "육사까지 나왔는데 장군 진급도 못 한 채 전역했다고 실망하지 마라."라고 하며 격려하려는 것이었다. 처음에는 왜 그런 말을 하는지 이해가 안 되었다가 나중에는 이해가 되었다. 그들도 이미 50대 어른이 되어 세속적인 잣대 속에 살고 있었기 때문이었다.

　　그래서 소년은 "난 군 생활하는 동안 진급하기 위해 누구에게 접대한 적이 없었기에 아쉬움이 없다네. 그리고 내가 해야 한다고 생각하는 일들을 성취하며 소신껏 근무했기에 보람을 느끼며 살아왔다네."라고 웃으며 말해주었다.

가정을 재편성하다

　　초등학교 시절에 엄마가 떠난 후 결손가정에서 자라게 된 소년은 또래 친구들보다 조금 빨리 결혼하게 되었다.

　　3남매의 막내인 소년의 애초 계획은 40세에 홀로 된 아버지 재혼을 시켜드린 후 형과 누나가 결혼한 다음에 하려고 했다. 그래서 50대 중반이 되어가는 아버지 재혼을 성사하려 했는데 잘 안되어 형에게 "형부터 먼저 하라."라고 하여 서른이 된 형이 선본 지 3개월 만에 결혼하게 되었다. 이어서 누나가 선을 보고 있었는데 잘 안되자 아버지가 전방에서 혼자 지내는 막내아들이 안쓰러웠는지 사귀고 있는 사람을 데리고 와보라 하여 인사를 시키고는 몇 개월 후 결혼하게 되었다.

그런데 당시 소년은 임관한 지 2년밖에 되지 않아 모아놓은 돈도 없었고, 아버지가 도와줄 여건도 되지 않았다. 그래서 없는 대로 결혼식을 올리고 부부가 되었는데 당시 이층집의 맏딸이었던 신부의 집안과는 경제적인 차이가 너무 났던 것이었다. 소년은 3년을 사귀는 동안 집안 사정을 다 말했고 그녀도 알겠다고 하여 별문제 없는 것으로 생각했지만 살다 보니 양가 집안 간 극심한 경제적인 차이는 쉽게 융화될 수가 없었다. 신부 아버지는 결혼하는 자식들마다 30여 평의 아파트를 구입해 줄 정도로 재력이 있었고 사는 동안에도 경제적 도움을 주었지만, 소년의 아버지는 오히려 도움을 받아야 하는 형편이었기 때문이다.

그런 상황이 지속되자 서로의 마음속 벽은 높아져 갔다. 소년은 육군 장교로서 국가에서 관사를 주고 급여를 주는데 굳이 친정아버지에게 경제적 도움을 받으려는 아내를 이해할 수 없었고, 아내는 돈 없는 시아버지에 대해 부담스러워 했던 것이다.

그래도 아들이 하나 있어 버티고 살다가 그 아이가 사춘기 때부터 옆길로 빠져버리자 더 이상 같이 살 이유가 없어져 소년은 아버지 장례식을 치른 후 이혼을 선택했다. 그래서 전역 직전에 모든 것을 다 주고 몸만 나와 홀로 새로운 삶을 시작하게 된 것이다.

그 후 두 해 동안 홀로 지내며 소년은 돌싱(이혼자) 모임에 나가 그들의 삶을 경험하게 된다. 그 모임에 나가보니 돌싱들은 성격적으로 결함이 있는 것이 아니라 서로 잘못 만나 함께 사는 것보다 따로 사는 쪽을 선택한 사람들이라는 것을 알게 되었다. 소년 또한 군 생활하는 동안에 이혼이라는 것을 상상도 해보지 못했던 것처럼 돌싱들 대부분도 그렇게 순진하게 사는 사람들이었던 것이다. 그래선지 돌싱모임에서는 짝을 찾으러 나온 이들도 있지만 대부분은 서로 비슷한 애환을 지녀선지 형제 같은 친근한 관계로 지내기도 했다.

그러다 전역하면서 우연히 새로운 짝을 만나게 되었다. 소년이 인터넷에서 재혼정보회사의 홍보물을 보고 심심풀이로 면담 신청을 했더니 다음날 커플매니저가 달려왔다. 와서 소년의 신상에 관해 물어보더니 소년은 재혼 상대로 1등급이라고 알려주는 것이었다. 이유는 당시 보유한 재산은 없어도 50세의 젊은 나이에 군인연금 수급자이고 부양할 부모와 자식이 없기 때문이란다. 그래서 300만 원에 계약하며 전역하는 시기에 한 달 정도 쉬었다가 다시 하던 공부를 하려고 하니 한 달 내에 약정된 5명을 소개하라고 했다.

그러면서 그간 경험했던 기억을 토대로 원하는 상대에 대한 조건을 몇 가지 제시했다. '나이는 위로 1년~아래로 4년, 학력은 고졸 이상, 키 155~165㎝, 돌싱 및 자녀 무관, 재산은 적을수록 좋음' 이렇게 제시한 기본 조건 외에 추가로 결손가정 출신이면 더 좋겠다고 알려주었다. 사회적 조건보다 살아온 정서가 더 중요하다는 것을 알았기 때문이었다.

소개비용을 입금하니 커플매니저가 다음 주 토요일과 일요일에 맞선 볼 여성의 인적 사항과 함께 약속 시간과 장소를 알려주었다. 토요일은 소년보다 한 해 위 여성이었고, 일요일은 4년 아래 여성이었다.

첫 상대를 만나는 날, 전날 생일이어서 과음한 소년은 당일 맞선을 취소하려 했는데 커플매니저가 상대 여성도 회비를 낸 회원이므로 자신이 일방적으로 취소 통보를 할 수가 없으니 소년에게 직접 전화를 걸어 양해를 구하라는 것이었다. 그래서 소년은 문자로 약속 장소를 종로 일대에서 신길동 공군회관으로 올 수 있느냐고 했더니 알겠다는 답이 왔다. 문자를 확인하고 다시 잠이 들었는데 그녀로부터 공군회관 커피숍에 도착했다고 문자가 왔다. 미안한 마음에 황급히 옷을 차려입고 공군회관 커피숍으로 갔더니 꼭 어릴 때 보았던 만화 여주인공 소녀 같은 순진한 모습의 여인이 기다리고 있었다.

만나서는 미안한 마음에서 어제 생일이었고 홀로 단골 주점에서 많이 마셔서 계속 자다가 늦었다고 말했다. 그녀는 그러냐며 내일이 자기 생일이라 이해한다고 하는 것이었다. 그래서 어릴 적 고향에 돌아와 살고 있다는 얘기하고 있는데 그녀가 "어제 술을 많이 드셨으니 속풀이 해야 할 것 같은데 제가 해장국 살 테니 식사하러 가시죠." 하는 것이 아닌가. 그 말을 듣고 마음이 편해져 함께 어릴 적 살았던 동네 한 바퀴를 돌면서 소년이 누나 얘기를 했다. 아버지가 서울여상을 보냈어야 했는데 서울교대 갈 줄 알고 인문계로 보내서 인생이 꼬였다고 얘기했더니 그녀는 "저 서울여상 나왔는데요." 하는 것이 아닌가. 그래서 소년은 자신과 가치관이 맞는 사람인지 확인하려고 혼자 사는 옥탑방으로 안내했다. 현재 다 주고 몸만 나와 이렇게 살고 있다며 지나온 삶을 또 한 시간 넘게 얘기했다. 그녀는 어릴 적 친구처럼 소년의 말을 공감하며 들어주고 난 후 해장하러 가자고 해서 소년은 단골 민속주점으로 안내했다. 그곳은 소년이 고향에 돌아와 단골로 다니던 곳으로 사장님은 소년보다 10여 년 위에다 소년의 엄마와 같이 다정하게 대해주었던 곳이었다. 그곳에서 그녀는 손님 행세를 하지 않고 수더분하게 음식을 먹으며 테이블 위 정리도 함께했다. 그래서 소년은 마지막으로 갈 곳이 있다며 택시를 타고 신월동에 있는 라이브 카페로 갔다. 그곳은 손님들이 기타를 치며 노래하는 곳인데 단골손님의 경우에는 기타 고수인 남자 사장님이 반주해주었다. 그곳에서 소년이 먼저 몇 곡을 하고 나서 그녀에게 노래시키자 기타 반주에 두 곡을 제대로 부르는 것이 아닌가. 그녀는 소년처럼 웬만한 통기타 노래 가사를 외우고 있었던 것이다. 그래서 소년은 그녀를 바래다주는 택시 안에서 손을 한번 잡아보자고 하여 잡고는 "당신 같은 사람이면 내일이라도 혼인신고하고 함께 살 수 있을 것 같다."라고 했다. 다음 날 소년은 그날 약속된 다른 여성을 만나지 않겠다고 커플매니저에게 알렸다. 며칠 후 그녀를 만난 소년은 그녀의 지나온 삶과 처지에 대해 들었고 두 사람은 며칠 후 혼인신고를 하고 부부가 되었다. 혼인신고를 하던 날 소년은 커플매니저에게 그 사실을 알리고 두 사람을 회원리스트에서 빼라고 하였다.

어느덧 만난 지 1주일 만에 혼인신고를 하고 부부가 된 지도 벌써 11년이 지났다. 살아오면서 친지들이나 주변 친구들에게 전보다 부드러워졌다는 얘기를 들을 때마다 어쩌면 운명의 굴곡을 잘 헤쳐 나가고 있다고 생각하게 되었다. 그래서 어릴 적 전혀 예상하지 못했던 이혼의 아픔을 겪고 재혼하게 된 소년은 자신이 경험한 모든 것을 운명으로 받아들이며 담담하게 살아가고 있다.

고향으로 돌아오니

소년의 고향 집은 서울시 영등포구 신길동 456-22였다. 그곳에서 초등학교 5학년 여름에 엄마 장례식을 치러서 소년은 그곳을 몹시도 그리워했다. 전역하던 2011년도 초에 소년은 고향으로 돌아왔다. 몸만 나온 터이기에 소년은 고향 집 부근의 옥탑방으로 짐을 옮겼다. 고1 때 강제집행에 의해 떠나야 했던 고향 집 근처에 34년 만에 돌아와선지 옥탑방 마당에서 바라본 동네 전경은 포근했다. 고향에 돌아온 소년은 들뜬 마음으로 어릴 적 뛰어놀던 동네를 한 바퀴 돌아봤다.

그러다가 '정동진'이라는 민속주점이 눈에 띄어 들어갔다. 그곳은 당시 60대 중반의 여사장님이 종업원 1명을 두고 동네 사랑방 같이 운영하던 가게였다. 소년이 처음 가게에 들러 신길동이 고향이라며 어릴 적 얘기를 하자 서울에서 자란 사장님이 큰누나처럼 다정하게 대해주었다. 이후에 혼자 가서도 정겹게 얘기를 나누며 한잔할 수 있어 고향의 포근함을 느낄 수 있었다. 게다가 그 가게는 동네 사람들이 주로 오는 곳이었는데 사장님이 인근 초등학교 출신인 소년을 인사시켜 주어 동네 사람들과도 사귀며 고향 동네에서 외롭지 않게 보낼 수 있었다.

신길동에서 고교를 나온 소년은 모교를 둘러보았다. 소년이 다니던 1970년대 후반에는 남 중·고에 여고 야간까지 운영하여 건물 2개가 붙어 있는 학교가 굉장히 혼잡했는데 이제는 고교만 운영하며 1개 건물에 교정도 잘 가꾸어져 있는 것을 보니 기분이 좋았다. 소년은 해마다 고교 총동창회에 친구들이 참석하면 단골집에 가서 접대하곤 했다. 고교 배정 시 공동학군이었던 고교의 친구들은 신길동 출신이 아니었기에 소년은 친구들이 고향에 방문한 것처럼 대했던 것이다.

고향에 돌아온 지 몇 해가 지나고 보니 고향 동네에 사는 고교 친구들이 없어 심심하던 차에 소년은 초등학교 동창 연락처를 찾아서 모임에 나가게 되었다. 초등학교 졸업 후 40년 만에 동창회에 참석한 소년은 서로 반말로 대화하는 남녀 친구들의 모습이 처음에는 낯설었다. 그러다 몇 잔을 주고받으니 그들의 분위기에 휩싸여 소년도 편안한 말투로 대화할 수 있었다.

게다가 초등학교 동창들 대부분이 소년의 경우처럼 형제들도 같은 초등학교를 나왔다는 얘기를 들으니 새삼 고향에 돌아온 느낌이 들어 참 포근했다. 그래선지 아직도 어릴 적 함께 불렀던 교가가 생각이 난다.

"언제나 새로워라~ 배움의 터전, 정성을 다하여 이 몸 닦으세
배달의 얼을 이어, 슬기로워라~ 아~아~아~ 영신, 영신, 우리의 영신~"

공인노무사 자격시험 준비

소년은 전역 전 교육을 받던 중에 노무사가 되어 근로자를 도우며 살아가고자 결심하여 공인노무사 자격시험 준비를 하게 된다.

당시 공인노무사 자격시험은 토익 700점 이상 획득한 사람에 대해 1차 시험 응시 자격이 주어지고, 1차 시험은 5개 과목에 대해 각각 5지 선택형으로 출제되어 총점 60점과 과락 40점으로 합격자를 가려 2차 시험 응시 자격을 주며,

2차 시험은 5개 과목에 대해 각 과목 4문제 정도의 논술형 문제가 출제되어 250명 정도가 합격하게 되어 있었다.

전문 학원을 찾아 상담하니 2~3년을 잡아야 한다는 것이었다. 그러나 소년은 1년 만에 끝내겠다는 야심 찬 계획을 세우고 시작했다. 우선 토익 시험 준비를 위해 학원을 한 달간 다니며 영어 공부에 매진하니 680점이 나오는 것이었다. 그래서 곧 700점이 될 줄 알고 법학원에 등록하여 관련 법 공부를 병행하며 토익시험 준비는 1일 2시간 정도로 했다. 그랬더니 매번 650~680점 사이의 점수가 나오더니 다음 해 1차 시험 접수를 위해 제출해야 하는 마지막 토익 성적마저 합격 기준에 미치지 못하여 1차 시험 접수조차 못 하게 되었다. 이후 토익 시험은 지식에 대한 평가보다는 주어진 시간에 빨리 식별할 수 있는 능력을 평가하는 것이기 때문에 하루에 2~4시간씩 몇 달 하는 것보다 한 달간 12시간을 집중해서 하는 것이 효과가 있다는 것을 알게 되어 그리 공부했더니 두 달 만에 700점을 넘는 성적을 거둘 수 있었다.

이어서 다음 해에 1차 시험과 두 달 후 치러질 2차 시험을 한 번에 합격할 생각으로 모든 과목을 공부했고, 1차 시험 한 달 전에는 1차 시험에 집중했다. 1차 시험 선택과목은 경제학과 경영학 중에서 소년은 그래도 조금 더 알고 있는 경영학으로 해야 했는데 사회에 나가서 필요할 것으로 생각되는 경제학으로 정했다. 그랬더니 경제학에서 과락이 되어 1차 시험에 떨어졌다. 그래서 다음 해에는 경영학으로 바꾸어 1차 시험에 합격했지만 2차 시험에는 떨어졌다.

이듬해 2차 시험만 보게 되어 있는데도 또 불합격되어 포기하고 취업을 알아보기로 했다. 그런데 전역한 지 3년이 지나니 취업도 쉽지 않아 이력서를 계속 제출해도 연락이 오는 곳이 거의 없어 몇 달이 지난 후 이력서를 제출하면서 틈틈이 노무사 시험 준비를 했는데 이전보다는 손쉽게 토익과 1차 시험에 합격하게 되어 다시 2차 시험을 준비하게 되었다. 그러나 또다시 2차 시험에 낙방하게 되어 드디어 공부를 시작한 지 4년이 지나 수험생활을 그만하기로 했다.

포기한 직후에는 허무함이 조금 있었으나 시간이 지나고 보니 그 또한 나름의 인생 공부가 되었던 것 같다.

먼저 시험 준비기간을 돌아보니 고교 졸업 이후 30여 년 만에 수험생활을 하게 되어 준비과정이 미숙했던 것이다. 당시 노무사 전문학원이 신림동으로 이미 옮겨져 있었는데 곧 폐업할 학원에 다녀 시험 정보나 출제 관련 자료를 제대로 얻지 못했던 것이다. 두 번째로 50대에 들어서서 암기력이 많이 떨어진 줄 모르고 젊었을 때와 같은 줄 알고 성급하게 단기간에 합격하려고 했다가 오히려 시간이 지체되었던 것이다. 셋째로는 논술시험은 채점 교수에 의해 필요한 요소의 기재 여부로 평가 되므로 결국 완벽히 암기하여 주어진 시간 내에 기재해야 하는데 이해한 수준으로는 시간 내에 주요진 요소를 다 기술할 수가 없었던 것이다.

이렇게 자격증 획득에 실패했지만 4년 동안의 노동 관련 법 공부는 이후의 사회생활에 많은 도움이 되고 있다. 직장 생활과 거래 관계에서 알고 있어야 할 노동 관련 법률과 민법 등을 제대로 알고 나니 사회생활을 하는 웬만한 사람들보다 유식하게 되어 법률관계를 알려주기도 하며 주도적으로 근무할 수 있게 되었다.

아울러 수험생활 간 20대의 학생들, 그리고 30~40대의 직장인들과 함께 공부하며 목표를 향해 열심히 노력하는 에너지를 받기도 했던 것이다.

만약 20대에 육사에 가지 않고 법대에 가서 사법고시를 준비했다면 어땠을까 하는 생각을 해봤다. 그랬더니 시험에는 붙을 가능성이 어느 정도 있었겠지만 사람 간의 정을 중요하게 여기는 소년의 성격은 법을 집행하는 것으로 사람을 대하는 법조인과는 맞지 않는다는 것을 알게 되었다. 이렇게 소년에게 노무사 자격시험을 준비했던 4년은 군인에서 사회인으로 돌아오는 데 필요한 적응 기간이었던 것이다.

일자리를 찾아 헤매다

전역 후 4년 동안 노무사 자격시험 준비를 했던 소년은 이후 일자리를 알아보게 된다. 100여 곳에 원서를 내 봤으나 군 경력을 인정해주는 곳은 거의 없었다. 지원하는 회사에서 요구하는 자격증이 있거나 유사한 직장에서 근무한 경력이 있어야 했다.

몇 개월간의 구직 활동 중에 제일 먼저 연락해 온 곳은 ○○생명 GFC(기업 재무 컨설턴트) 직위였다. 노무사 시험 준비 간 산업재해법 관련 공부를 했던 소년은 기업의 재해 관련 보험 업무가 연관될 거라는 생각으로 지원했다. 면접 후 합격이 되어 한 달여의 교육과 시험을 거쳐 근무를 시작하게 되었다. 그러나 중소기업을 경영하고 있는 몇몇 고교 동창들에게 전화하니 아무도 만나주지 않았다. 게다가 활동을 시작하기 직전에 매월 실적을 게시한다고 하며 3개월 동안 실적이 없으면 해직된다는 것이었다. 그리고 기업의 재해 관련 보험 외에 개인 보험도 실적에 포함된다고 알려주었다. 그때 소년은 이 또한 보험을 통한 영업이라는 것을 알게 되어 자신에게 맞지 않는 일이라는 생각이 들어 그만두게 된다.

그 후 다른 직장을 알아보는데 몇 개월간 연락이 없어 우선 당장 근무할 수 있는 곳을 알아보게 되었다. 그러다 입시학원 종합반 야간 자율학습 지도교사 직위가 있어 근무하게 된다. 학생들의 자율학습 시간에 복도를 다니며 각 교실의 학습 분위기를 지도 감독하는 일이었는데 근무 시간도 주간 타임과 야간 타임으로 교대로 근무하면서 계속 서서 일하는 것이 쉽지 않았다.

이후 렌터카 차량 검사 대행 일을 하게 된다. 렌터카 회사에서 고객에게 빌려준 차량의 정기 검사를 대행하는 회사에서 위탁계약으로 1대 검사당 13,000원씩 계산하여 월별로 지급받는다. 이때 소년은 강남구와 용산구에 있는 차량의 검사를 대행하며 각종 차량의 운전을 경험하게 된다. 하루 최소 6대의 차량을 검사해야 기본임금 수준이 되는데 검사 차량 운행 중에 도로 상황이 혼잡하여 지체될 경우에는 고객들의 원성을 사게 된다. 그런 원성을 의식해서 서두르다가 주차 시 접촉 사고가 나면 검사대행을 하는 매니저가 책임을 지게 되어있다. 그렇게 6개월간 근무하면서 소년은 4번의 주차 접촉 사고로 100만 원 정도를 지불하고 그만두게 된다.

이후 장기 복무 군 장교 출신을 관리자로 모집하는 공고를 보고 한 유통회사의 마케팅본부장으로 근무하게 된다. 그 회사는 미국 및 유럽에서 구강 및 미용용품을 수입하여 국내 유통 및 동남아로 수출하는 회사였다. 처음에는 의욕적으로 근무했으나 마케팅에 대해 잘 모르는 소년이 하기에는 부담스러운 자리라 두 달간 유통망을 확인하고는 그만두었다.

이어 중견기업의 핵심 인재를 스카우트해주는 헤드헌터로서 근무하게 된다. 기업에서 요구하는 직위에 해당하는 자격을 갖춘 인재를 찾아 해당 기업에 추천해주고 지원자의 이력서 작성 및 면접 등에 대해 도움을 주어 취업이 되면 기업으로부터 헤드헌터 회사가 수수료를 받는다. 받은 수수료는 헤드헌터 회사와 수주받은 헤드헌터 및 합격자를 추천한 헤드헌터가 나누어 받게 되어 있다. 6개월 근무하는 동안 소년은 지원자를 찾아 2명이 합격하는 성과를 거두어 소정의 수수료를 받았다. 근무하며 보람 있었던 것은 소년이 추천한 인재가 채용된 후 도와주어 고맙다는 인사를 받을 때였다. 목표를 달성한 성취감과 헤드헌터 역할을 인정받는 의미였기 때문이다. 그 외에도 20~40대의 젊은이들에게 괜찮은 직위를 추천하는 과정에서 여러 기업을 소개해주고 이력서 검토 및 면접 요령 등을 성의껏 알려주니 비록 합격이 되지 않았어도 "도와주셔서 감사하다."라는 말을 전해왔을 때였다. 그렇게 나름의 보람은 느꼈지만, 기업에 채용의뢰를 수주 받지 못하는 한 경제적인 실적은 최저임금에도 미치지 못해서 그만두게 되었다.

그 후 은행 행낭 배송원으로 근무하게 된다. 오전에 본점의 서류를 지점별로 분류하여 각 지점에 들러 전달하고, 오후에는 각 지점의 서류를 걷어 와서 종류별로 분류하여 본점 해당 부서에 전달하는 것이었다. 스타렉스를 이용하여 2인 1조로 정해진 코스로 이동하는데 이때 두 사람의 마음이 맞아야 원활하게 일을 진행할 수가 있다. 그곳에서도 오래 근무했다는 이들이 신입직원에 대해 군대에서 선임병이 후임병 군기 잡듯이 자기들이 시키는 대로 따라 하라는 주장에 소년은 두 달을 근무하고 각자의 업무 분장표를 만들어 회사 책임자에게 전한 후 그만두었다. 그때 느낀 것은 나이 50~60대가 된 남자들도 단순한 일을 반복하며 50명 이상이 군 내무반 같은 한 공간에서 휴식을 취하며 지내다 보니 20대처럼 단순해진다는 것이었다.

이어서 주유소에서 근무하게 되었다. 그 주유소는 강변북로에서 자유로 방향 초입에 있었는데 장거리 차량과 대형 공사 트럭이 많이 왔다. 그곳은 동시에 8대를 주유할 수 있는 곳으로 주유원 4명이 연속적으로 함께 일하게 되어 있었다. 차량이 오는 대로 주유량을 물어본 후 주유기를 꽂아 주유하고 주유가 끝나는 대로 주유기를 뽑아 원위치에 꽂아 놓는 동안 다른 주유원이 카드를 받아 결제한 후 고객에게 돌려준다. 이때 경유와 휘발유 차량을 잘 구분하여 주유기를 꽂는 것이 중요하며 차량이 동시에 몰릴 경우 4명이 주유 절차를 연속적으로 수행해야 한다. 처음 시작하는 주유원의 경우 일정 기간은 카드 결제 요령부터 숙달한 후 주유하도록 교육하고 있다. 근무하는 동안 거의 서서 근무하는 것이 쉽지 않았으며 차량이 동시에 많이 올 경우에 차종을 잘 구분하여 주유하고 결제를 정확하고 빨리할 수 있는 요령이 필요했다. 주유원들은 50~60대의 경우 육체적으로 다소 힘들어도 운동하며 돈을 번다는 마음으로 밝은 표정이었으나 30~40대는 스스로 자격지심이 있어선지 무표정에 다소 퉁명스러운 태도로 근무하고 있었다. 아마도 젊은 만큼 아직도 높은 꿈을 갖고 있기 때문이리라. 이렇게 두 달 동안 소년은 주유소 근무를 하며 또 다른 경험을 해보았다.

그러다 택시 운전 자격을 따고 6개월간 회사택시 운전을 해본다. 근무 시간은 04:00~16:00 시였는데 운행 시간 중에 연료를 넣고 세차 후 차고지로 복귀해야 하는 데 드는 시간을 제하면 11시간 동안 18만 원 이상의 매출을 올려야 최저 시급 이상의 하루 수입을 얻을 수 있었다. 처음에는 승객이 많은 곳을 잘 몰라 시간당 15,000원 이상의 요금을 찍기도 쉽지 않았으나 이후 조금씩 시간대별 승객의 흐름을 알게 되어 기본 수입은 벌 수 있었다. 그러나 12시간 동안 운전석에 앉아 있는 것이 쉽지 않았고, 화장실은 주유소 화장실을 이용하는데 승객이 하차

한 지역 인근에 주유소가 없거나 승객이 연속적으로 승차하는 경우에는 생리적 현상을 참기가 매우 힘들었다. 아울러 노인의 경우 승하차 시간이 오래 걸리고 좁은 골목길 집 앞까지 가야 하는 경우가 많아 그런 승객이 몇 번 승차하게 되면 하루 기본 수입도 거두기가 힘들었다. 그래서 승차 거부를 하는 택시의 사정을 이해하게 되었다. 소년은 택시를 하면서 다양한 사람들을 접해보기 위해 승차 거부는 하지 않았지만, 회사택시 운전하는 사람들의 어려움은 충분히 체험해 본 것이다.

이후 잠시 쉬다가 아파트 경비원으로 근무해보았다. 새로 완공된 아파트 단지 내 출입 차량을 통제하는 업무인데 3명이 한 초소에서 2명 1개조로 교대로 근무하되 출퇴근 시간대에는 3명 전원이 투입되었다. 24시간 맞교대로 08:00 시 기준으로 교대하여 쉬는 날에는 다른 약속을 거의 하지 못하고 집에서 휴식을 취해야 했다. 하루걸러 하루 온종일 근무해야 하므로 야간에 정상적으로 잠을 잘 수가 없는 것이 경비 근무의 가장 큰 애로였다. 그렇게 3개월 정도 근무하다가 그만두었다.

이렇게 여러 직장에서 근무해보며 나이가 50대 중반을 넘어서면 젊은 사람들이 기피하는 직종에나 근무할 수 있었다. 그래도 60대까지는 힘들어도 일할 곳은 있다는 사실도 알게 되었다. 나이 들어 재취업해서 일하려면 함께 근무하는 사람들

과 단순하게 어우러질 수 있어야 한다. 그렇게 되려면 남들의
이목을 의식하지 않고 자신이 현재 하는 일을 긍정적으로 받
아들이고 즐겁게 생각해야 한다는 것을 경험한 것이다.

2부

삶을 되돌아보니

제1장
활력소가 된 것들

사랑의 원천

　소년은 어릴 적 받은 엄마의 사랑으로 지금껏 살아가고 있다. 초등학교 시절에 시계 점포를 하는 엄마에게 막내아들이 가면 엄마는 손을 잡고 함께 귀가하며 소년의 손에 동전 한 개를 용돈으로 쥐여주었다.

　소년이 초등학교 4학년 어린이날에 뒷집에 사는 친구와 함께 당시 놀이기구가 많았던 남산 어린이회관에 차비만으로 다녀오다가 버스를 반대 방향으로 타서 두 시간을 걸어오느라 밤 늦게 귀가한 적이 있었다. 오면서 소년은 낮에 다녀올 수 있을 줄 알고 엄마에게 말하지 않아서 꾸중을 들을 줄 알았다. 그런데 귀가해서 사정을 말하자 엄마는 빙그레 웃으며 알았다고 하시더니 며칠 뒤에 중학교에 다니던 큰아들에게 돈을 두둑이 주시며 막내를 데리고 어린이회관에 가서 놀고 오라고 하여 그곳에 있는 놀이기구를 실컷 해볼 수 있었다.

하루는 엄마가 손님 접대용으로 광에 숨겨놓은 코코아를 형이 가져와 먹자고 하여 둘이서 큰 대접에 타서 거의 다 마셔버린 적이 있었다. 소년의 형은 엄마 허락 없이 코코아를 꺼내 먹었다고 혼날까 봐 귀가한 엄마에게 막내가 먹고 싶다고 해서 마셨다고 했다. 그랬더니 다음날 광에 있었던 코코아가 부엌 찬장에 있는 것이 아닌가. 소년이 형에게 물었더니 엄마가 "막내가 먹고 싶어 하는데 맘껏 먹게 하라." 하며 부엌으로 옮겨 놓았다는 것이다.

그렇게 소년은 엄마에게 한 번도 혼나지 않았고 소년이 혼날 것으로 생각했을 때마다 더 큰 사랑을 주었다. 그래선지 소년에게는 초등학교 5학년 때 떠나버린 엄마의 사랑이 아직도 가슴에 남아있다. 그리고 시계 점포에서 함께 귀가하며 엄마가 "우리 막내는 커서 훌륭한 사람이 되어야 한다."라고 했던 말은 소년에게 삶의 지침이 되었던 것이다.

게 아버지의 가르침

소년이 어릴 적에 아버지는 엄했다. 그는 한때 대학을 다녔다는 엘리트 의식이 강했고 미남에다 다방면에 지식도 풍부한 팔방미인이었다. 아내가 세상을 떠나기 전까지는 국회의원 출마를 준비할 정도로 자신만만한 삶을 살았었다.

소년이 초등학교에 입학했던 당시는 학생 수가 많아서 저학년은 오전반과 오후반으로 나누어 수업했다. 하루는 소년이 학교에 가기 싫어서 안 가고 놀았다가 아버지가 물었을 때 오전반인데 오후반이라고 거짓말을 해서 종아리를 회초리로 맞은 적이 있었다. 그때 아버지는 소년에게 학교에 안 가서 맞는 것이 아니라 아버지가 물었을 때 거짓말을 해서 혼나는 것이라고 말했다. 그래서 소년은 잘못된 행동보다 더 나쁜 것이 거짓말하는 것으로 알게 되었다.

또 한 번은 고교 시절에 아버지가 귀가했을 때 방에서 앉은 채로 인사를 했더니 아버지는 어른에게 인사를 할 때는 서서 해야 하고, 처음 보는 어른들께는 절을 하는 것이라고 가르쳐주었다. 그 후 소년은 어른들에게 인사를 잘하는 사람으로 살아가게 되었다.

소년은 소대장으로 근무할 때 소대원들에게 군 복무 간 추억 사진을 찍어주기 위해 사용이 간편하고 값도 비싸지 않았던 일제 중고 카메라를 구입한 적이 있었다. 소년이 아버지에게 일제 카메라를 샀는데 쓸 만하다고 했더니 아버지는 한숨을 쉬며 "내가 자식 교육을 잘못했구나, 네가 외제를 사다니."라고 말하여 소년은 이후 절대로 외제를 사지 않았다.

소년이 결혼 전 양가 아버지들 상견례 하던 날에 약속 장소에 가려고 택시 정류장에서 기다리는데 오는 택시마다 정류장 앞에서 타려는 승객들을 태우고 가버려 소년이 아버지에게 약속 시간이 다 되었으니 남들처럼 택시가 오면 앞으로 다가가서 타자고 했더니 아버지는 "이 녀석아, 승객들이 택시정류장에서 기다리지 않으니 택시들이 정류장에 서지 않는 것 아니냐." 하며 결국 약속 시간이 지나 택시 정류장에 정차한 택시를 타고 간 적이 있었다.

소년의 아버지는 엘리트 의식이 강해 사업에 실패한 후 남의 밑에서 일하지 못했기 때문에 소년의 형제들은 학창 시절에 친척들의 도움을 받으며 자랐다. 그 때문에 소년의 형제들은 각자 고교를 졸업한 후에는 아버지에게 한 푼의 도움도 받지 않았고 나이가 들어가면서는 조금씩 아버지를 도우며 살아가게 되었다.

그러다 소년은 아버지가 떠나기 얼마 전부터 아버지의 정체를 알게 되면서 생전에 소년에게 했던 말을 떠올렸다. 그는 소년에게 "게 아버지는 앞으로 똑바로 걷지 못하고 옆으로 걷지만, 자식 게에게는 똑바로 걸으라고 한다."라는 것과 "도둑놈도 자기 자식에게는 절대 도둑질하지 말라고 한다."라는 얘기를 해주었던 것이다. 홀로 지내는 아버지를 자주 찾아갔던 소년은 그 얘기를 많이 들었는데 그가 떠나고 나니 그것이 보통 아버지들의 솔직한 마음이겠다는 생각이 들었다.

엄마 없는 외동딸

엄마가 떠나던 해에 소년은 초등학교 5학년이었고, 바로 위에 두 살 많은 누나가 있었다. 당시 중학교 1학년이었던 그녀는 위로 오빠와 아버지를 포함해 네 식구의 살림을 도맡아 하게 되었다. 연탄불에 밥하고 설거지하며 세탁기도 없던 시절에 모든 빨래를 했던 것이다. 그러면서도 중학교 시절에는 980명 중에 14등의 성적까지 오르는 등 공부도 잘했다. 중학교 졸업쯤에 집안 형편상 서울여상에 진학하여야 했으나, 바로 전 해에 서울교대에 합격한 사촌 누나처럼 되겠다고 생각한 아버지는 인문계로 보냈다. 그러나 고교 공부는 살림하면서는 제대로 할 수 없었기에 그녀는 인문계 고교를 나와 아무 자격이 없어 제대로 된 직장에 취업을 못 하고 어려움을 겪어야 했다.

이후 소년이 사관학교에 들어가서 자신이 직접 빨래를 해보니 누나가 혼자서 살림한 것이 쉽지 않았다는 것을 알게 되었다. 그런데도 그녀는 그런 삶을 자신의 운명으로 받아들이며 한 번도 힘들다고 말하지 않았던 것이다. 소년은 본인이 체험하고 나서야 누나가 집안 살림을 해주었기에 자신이 공부에만 전념할 수 있었다는 사실을 깨닫고 고마운 마음을 갖게 된 것이다.

소년은 이후 결혼하고 나서 잘 사는 집 맏딸로 자란 아내를 보며 누나가 정말로 고생하며 살았다는 것을 알게 된다. 옷차림새가 제법 세련되게 입은 모습을 보면 동생의 사관학교 입학식 때 제대로 입을 옷이 없어 못 왔던 누나가 떠올랐고, 가스렌지나 전기밥솥 등을 사용하는 것을 볼 때는 연탄불에 밥하는 모습이 떠올랐으며, 세탁기를 사용하는 것을 보고는 손빨래하는 누나의 모습이 애잔하게 떠올랐던 것이다.

그렇게 누나에 대한 생각이 지극했던 소년은 신혼 때부터 아내와 갈등을 갖고 살아갔다. 어떻게 엄마도 아닌 누나를 자기 아내보다 더 생각하는 마음을 가질 수 있느냐는 것이었다. 그럴 때마다 소년은 누나는 엄마가 떠난 후 그 역할을 했던 사람으로 자신에게는 여자가 아니고 엄마와 같은 존재라고 설명해주었으나 형제가 많았던 아내는 경험한 환경이 달라 전혀 이해하지 못했던 것이다.

이후 늙은 아버지가 거처할 곳이 없었을 때는 두 아들이 있음에도 누나가 아버지를 모시고 살기도 했다.

소년이 아버지의 거처조차 제대로 마련해 줄 수 없는 자신의 처지를 안타까워하여 집을 나와 아버지 곁에 가 있을 때, 누나가 찾아와서 "이제 너도 네 갈 길을 가야지, 왜 아버지 주변을 맴돌고 그러냐." 하는 것이었다. 그리고 장남인 형이 아버지에게 잘못하는 것 같아 뭐라고 했더니 "너는 부모의 장점을 닮아서 그렇지만, 오빠는 단점을 닮아서 그런 것이니 네가 형을 이해해야 한다."라고 했다. 소년이 알았다고 하며 언제 한번 엄마 산소에나 함께 가자고 했더니 "살아 계신 아버지에게도 제대로 도리를 못 하는데 떠난 엄마 산소에 가는 것이 뭐가 중요하냐." 하며 현실에 맞게 살아가는 지혜를 알려주었다.

소년에게 누나는 유일하게 그냥 안부를 묻거나 술 한잔 생각날 때 전화하는 사람이었고, 동생이 억울한 지경에 있는 모습을 보면 울컥하여 울다가 소년이 걱정하지 말라고 하면 안심하는 사람이었다. 그렇게 소년은 엄마가 남긴 형제간의 따뜻한 마음을 누나와 같이 느끼며 살아온 것이다.

인생의 나침판

초등학교 시절 소년은 주로 4년 위인 형의 행동을 보고 배우며 자랐다. 소년이 초등학교에 입학했을 때 형은 5학년이었는데 학교 성적 전교 1등에 반장을 했고 송구 대표로 활약했으며 태권도 초단 자격까지 취득하는 등 다방면으로 대단한 능력을 보였다. 그런 형이 듬직하게 보여서 소년은 형이 시키는 대로 하며 자랐다.

그러다 소년은 형을 통해서 새로운 것들을 접하게 되었다.

하루는 중학생이 된 형이 사 온 바둑판을 보고는 바둑을 알게 되었고, 소년이 중학생이 되어서는 바둑에 빠져 기원을 다니며 두기도 하여 아마 8단 실력까지 되었던 것이다.

처음으로 영화관에서 본 영화는 영등포 재개봉관에서 형과 같이 본 외국영화 〈My Way〉인데 아직도 소년에게 최고의 명화로 남아있고 팝송 18번도 「My Way」가 되었다.

또 한 번은 성남고 2학년이었던 형이 봉황대기 고교야구대회 2회전 경기인 군산상고전이 열렸던 동대문야구장에 데리고 간 적이 있었다. 그해 상대 팀은 직전 전국대회에서 준우승한 강팀이었고 성남고는 본선에도 제대로 오르지 못하는 팀이었다. 그런데 그날 경기는 성남고가 계속 리드 당하고 있다가 8회에 5점을 뽑아 역전승해버리는 것이 아닌가.

게다가 외야 쪽에 있었던 성남고 응원석에서는 신이 난 학생들이 교복 차림으로 어깨동무한 채 캉캉춤을 추며 신나게 응원하는 모습이 인상적이었다. 당시 중1이었던 소년은 그때부터 야구에 매료되었고, 그래서 지금껏 야구장에 가서 소리치며 응원하는 것이 최고의 취미생활이 된 것이다. 그렇게 소년은 형을 통해 경험한 것들로 인해 점점 형만큼 커져갔다.

소년이 고1때 시험성적이 떨어졌다고 형이 맞아야겠다며 엎드리라고 한 적이 있었다. 그때 이미 형만큼 커진 소년이 형에게 "형, 이제 말로 합시다." 하니까 형은 더 이상 때리지 않았다.

소년은 중학교 때 고교에 다녔던 형이 대학 진학에 실패하고 슬퍼하는 모습을 본 적이 있었다. 그래서 고교 입학 후에는 열심히 공부해서 좋은 성적을 거두게 되었다.

세월이 흘러 각자 가정을 갖게 된 형제는 집안일을 아내들에게 맡기게 되면서부터 점점 서로를 잊어가고 있었다. 그러다 아버지의 장례를 함께 치르며 소년은 형보다 커버린 자신을 발견하게 되었다. 둘만이 상주 역할을 하며 형제의 소중함을 느끼게 되어 어린 시절의 형에 대한 감정이 되살아났다. 그러자 소년은 어려웠던 환경 속에서도 자신이 제대로 자랄 수 있었던 것은 형이란 인생의 나침판이 있었기 때문이라는 것을 알게 되었다. 소년은 형을 통해서 세상을 알게 되었고, 형의 실패를 보고 타산지석으로 삼아 성장할 수 있었던 것이다.

음덕을 베푸는 이유

소년은 어린 시절 대부분의 사람이 친절한 척하다가 막상 자기네들에게 손해가 되는 상황이 되면 태도가 싹 바뀌는 것을 자주 보고 자랐다. 그런데 끝까지 소년에게 잘해주었던 어른들이 몇 사람 있었다. 처음에 소년은 그들이 자신을 예뻐해서 그러는 줄만 알았다. 그러다 어른이 되고 나니 그것이 누구의 음덕인지를 알게 된 것이다.

소년이 중학교에 입학했을 때 이미 가세가 기울어 입학금은 겨우 냈으나 교복은 어찌 구할지 걱정하고 있었는데 근처에 살고 있었던 큰엄마가 교복을 사주는 것이 아닌가. 당시 큰엄마도 아들들이 그룹과외수업을 해서 번 돈으로 어렵게 살림하고 있던 터라 소년은 뜻밖이라고 생각했다. 알고 보니 그녀는 엄마 없이 자라는 막내 조카에게 교복을 사주려고 반찬값을 아껴 모았던 것이다. 그 사실을 알고 소년은 오랫동안 큰엄마를 고맙게 생각했었다. 그러다 큰엄마 임종을 앞두고 소년이 찾아갔을 때 소년보다 한 살 위의 큰집 막내 형과 얘기를 나누던 중에 소년이 큰엄마가 베풀었던 얘기를 하니까 그는 "우리 엄마가 그리 정이 많은 분이 아닌데." 하는 것이었다. 그 말을 듣고 곰곰이 생각해보니 그 이유를 알게 되었다. 소년의 큰엄마는 손아래 동서인 소년의 엄마 생전에 미안하고 고마웠던 마음을 소년에게 대신 베풀었던 것이다.

소년이 사관생도 시절에 외출을 나와서 외갓집에 들르면 소고기 반찬에 맛난 음식을 대접하고 돌아올 땐 용돈을 두둑이 주었던 큰외숙모가 있었다. 당시 그녀는 의류 제조업을 하여 재산을 모아 남산 아래에 정원이 있는 큰집을 갖고 있었다. 그녀는 소년을 볼 때마다 소년의 엄마가 생각난다며 눈물을 글썽였다. 그런데 그 외숙모는 남편이나 자식들에게도 냉정했던 성격인데 왜 소년에게만은 그리도 다정하게 대하는지를 당시는 잘 몰랐다. 그러다 나중에 아버지에게 얘기를 들으니 이해가 되었다. 막내였던 엄마가 결혼 전에 큰외숙모와 함께 산 적이 있는데 그다지 사이가 좋지만은 않았던 시누와 올케 지간이었지만 조카들에게는 헌신을 다했던 고모였기에 엄마가 갑자기 일찍 떠나고 나자 막내아들인 소년에게 그리도 지극히 대했던 것이다. 큰외숙모가 소년이 들릴 때마다 글썽이며 했던 말이 떠오르니 그냥 가슴이 저리다. "네 엄마가 살아있다면 이렇게 잘 자란 너를 보고 너무나 좋아했을 텐데."

그런 일들을 경험하며 소년은 엄마가 떠났어도 세상에 남겨 놓은 것이 있다는 것을 알게 되었다. 그러다 소년이 성인이 되어 어릴 적부터 같이 살았던 사촌 형들의 얘기를 들으니 확실하게 알게 되었다. 그들은 막내인 소년과 20년 가까이 차이가 났지만, 소년의 부모님과는 10여 년 차이밖에 나지 않아 소년의 엄마에 대해 잘 알고 있었던 것이다. 그런 그들이 어느 날 소년에게 "작은 엄마가 살아계셨다면 너희 삼 남매의 삶이 달라졌을 거야." 하며 "부득이하게 부모 두 분 중에 한 분이 먼저 떠나야 할 운명이라면 네 엄마가 살아계셨어야 했는데."라고 하는 것이 아닌가.

그 말을 듣고 소년은 떠난 엄마가 주변 사람들에게 베푼 사랑이 음덕이 되어 소년에게 돌아왔다는 것을 깨닫고 무엇을 남기고 가야 하는지를 정확히 알게 된 것이다.

함께 했던 친구들

사람들은 자신이 가장 어려웠을 때 어울렸던 이들과 오래도록 친하게 되는 것 같다. 소년도 형편이 가장 어려웠던 고교 시절 친구들과 지금껏 잘 지내오고 있다.

고교 시절 소년은 잘 곳이 없어 친구 집에서 자기도 했고, 배고팠을 때 친구 집에 가서 배불리 먹었으며, 가난한 집 아이라 선생님들에게는 별 관심을 끌지 못했지만, 자신을 알아주는 친구가 있어 외롭지 않았던 것 같다.

사관생도 시절 소년은 당시 군 복무 중이거나 대학에 다니던 고교 친구들을 만났을 때 불편할 수가 있었다. 당시 생도였던 소년은 학교 규정상 술과 담배를 할 수 없었는데, 성인이 된 지 얼마 안 된 그들이 만나는 곳은 다방과 술집이었고 모여서는 술 한잔하며 담배를 피웠기 때문이다. 그러나 소년의 친구들은 술집에 가서 주문할 때 먼저 소년에게 음료수를 주문해주며 규정을 지키도록 해주어 소년은 편하게 친구들을 만나 얘기를 나눌 수 있었다.

소년의 형 결혼식 때는 신랑 측 하객에 대한 식당 서빙을 친구들이 와서 해주었다. 그들은 서빙이 끝나고 뒤풀이할 돈을 줄 형편이 못 되는 것을 알고 식당 여사장님에게 음식값을 깎아달라고 해서 남긴 돈으로 술을 사고 안주는 남은 음식을 달라고 해서 자기들끼리 알아서 뒤풀이를 했던 것이다.

이후 소년은 자신의 결혼식 때 찍은 신랑·신부 친구들 사진에 한 친구가 없는 것을 발견하고 어디 갔었냐고 물은 적이 있었다. 그랬더니 그가 "네가 막내인데 식당에서 하객 안내는 누가 맡아서 하나 걱정되어 식당에 있었다."라고 하여 소년은 그저 안타까울 뿐이었다.

　하루는 결혼 후 전방에서 살고 있었던 소년이 한 친구의 혼배성사에 참석하려고 대중교통을 이용해 갔는데 너무 늦게 도착했다. 성당에 가니 예식은 벌써 끝났고 근처 식당으로 피로연 하러 갔으니 그리 가보라고 알려주었다. 식당에 들어서니 피로연도 다 끝나고 모두 일어서려고 하는 것이 아닌가. 4시간이 넘게 대중교통을 바꿔 타며 갔는데 밥 얻어먹으러 간 것 같다는 아내의 표정에 당황스러웠다. 그래서 얼른 밥을 먹고 나오려 하는데 그 친구가 양가 부모님께 "오늘 친구가 멀리서 와주어 함께 술 한잔 하고 갈 테니 먼저 들어가세요."라고 말했다. 그렇게 그 친구 부부와 소년의 처자는 인근 레스토랑에 가서 밤늦도록 한잔하며 정겨운 얘기를 나누었다. 그러다 술기운이 들 무렵 그 친구가 신부에게 친한 친구이니 부인들끼리도 친하게 지내면 좋겠다고 말했다. 게다가 몇 잔 더 마셔서 취기가 오르자 그 친구는 선본 지 몇 개월 만에 결혼하는 신부에게 그 말을 계속 반복했던 것이다. 그런 친구의 취중 진담을 듣고 소년은 아내에게 "친구 얘기를 들으니 몇 시간 동안 차를 갈아타고 올 만 하지 않았냐?" 하며 당당하게 말했던 것이다.

그런 친구들이 각자 결혼하고 나니 만나는 시간이 줄어들어 점차 멀어져가고 있을 때 소년이 조금 때 이른 부친상을 당했다. 그때 단숨에 달려온 친구들과 동창들에게 연락해주었던 친구들 덕분에 무난하게 잘 치렀다.

장례식이 끝나고 형제가 모여 조의금을 정산하는데 통상적인 조의금보다 많은 조의금을 낸 친구들이 있었다. 공무원 생활을 오래 하고 있던 형이 그 친구들의 명단을 보더니 "그 친구들이 너하고 친하다는 표시야." 하는 것이 아닌가. 소년은 그렇게 아버지를 떠나보내며 친구들의 우정을 다시 한 번 더 느꼈던 것이다.

우정을 보여준 주례 선생님

소년의 결혼식 때 주례를 봤던 분은 소년의 아버지와 고교 동창이었다. 그는 당시 청주에서 30여 년간 체육 교사로 근무하고 있었다. 교사 월급에 세 아들을 키우고 있는 가장이었는데도 그는 소년의 아버지가 경제적으로 어려웠을 때 부부가 상의하여 두 번을 도와주었고, 그 후에도 한 번 더 자신의 아내 모르게 도와주었단다. 그래서 소년은 아무리 생각해도 대단한 우정을 보여준 그를 생도 시절 휴가 때 찾아간 적이 있었다.

　소년이 집에 도착하자 그 부부는 마치 친자식이 온 것처럼 반가워했고 자제들에게 인사를 시키니 그 자식들도 소년을 마치 오랜만에 형제를 만난 것처럼 친근하게 대해주었다. 다음날 다들 출근하고 아주머니와 단둘이 식사하며 얘기를 나누게 되었다. 그때 소년은 예전에 아버지가 그 집에서 빌렸던 돈을 갚지 못하고 있는 것이 미안해서 아버지에 대해 답답하다는 투로 말했더니 그 아주머니는 소년에게 눈을 흘기면서 "부모가 어떨지라도 자식은 부모에 대해 자신들을 있게 해준 것만으로도 무조건 고마워해야 한다."라고 가르치는 것이 아닌가. 그 말을 듣고 소년은 겉으로는 "네, 알겠습니다." 하면서 속으로는 안심이 되었던 것이다.

　그래서 떠날 때 혹시 차비를 주면 받지 않을 생각으로 아주머니가 아침상을 치우러 부엌으로 들어갔을 때 얼른 인사를 하며 대문을 나섰다. 그런데 뒤에서 아주머니가 부르는 소리가 들려 뒤를 돌아봤더니 대문 앞에서 소리치며 뭐라 하시는 것이었다. 하는 수 없이 되돌아갔더니 아주머니는 웃으며 "어른에게 인사를 제대로 하고 가야지." 하면서 차비를 주려는 것이 아닌가. 소년이 괜찮다고 하며 안 받으려 하니까 아주머니는 "너의 엄마를 대신해서 주는 것이니 받아도 된단다."라고 하여 받아오게 되었다.

그 집을 다녀와서 소년은 친구의 아들을 자식처럼 사랑으로 대해준 그 아저씨 가족의 모습을 보고 아버지의 진정한 친구가 누군지 알게 되었고, 계속되는 사업 실패로 사람들과의 접촉을 멀리하고 지내던 아버지에게 그런 친구가 있어 너무나 감사한 마음이 들었다. 그래서 소년은 그 후 3년이 지나 그 아저씨에게 자신의 결혼식 주례를 부탁하게 되었다.

소년이 결혼식 주례를 그 아저씨에게 부탁하고 싶다고 하자 아버지는 신부 측을 의식해서인지 자신의 친구지만 50대에 평교사로 있는 그보다 좀 더 사회적 지위가 높은 사람이 없느냐고 했다. 그래서 소년이 아버지에게 그 아저씨 아니면 주례 없이 식을 진행하겠다고 하자 아버지는 소년에게 고맙다고 하며 그에게 주례 부탁을 하게 되었다.

결혼식 날 사회를 보는 친구에게 소년은 사전에 주례 선생님에 대한 소개 글을 적어주었다. '오늘 주례이신 ○○○ 선생님은 30여 년 간 후진 양성을 위해 애쓰시고 계신 분입니다.'라고. 그랬는데 나이 50대에 처음 주례를 보게 되었던 그 아저씨는 겸손하게도 자신이 주례 볼 자격은 조금 안 되지만 신랑의 아버지 친구로서 이 자리에 섰다며 청주에서 교편을 잡고 있는 사람이라고 자신을 소개하는 것이 아닌가. 처음에는 약간 당혹

스러웠지만 이내 당당히 자신을 솔직히 소개하는 모습이 멋있게 느껴졌다.

신혼여행을 다녀와 처가에 인사하러 가니 신부의 부친이 주례가 마땅치 않았으면 사전에 자기에게 말하지 그랬냐고 하는 말에 소년은 단호하게 말했다. 그분은 아버지의 제일 친한 친구이며 자신이 제일 고마운 분으로 생각하고 있기 때문에 아버지에게 고집하여 주례를 서게 된 것이라고.

호연지기를 가르친 교장 선생님

소년이 육사에 입학하던 그해에는 12·12 군사쿠데타로 정부 권력의 실세가 이미 바뀌어 있었고 그에 따라 군의 주요 지휘관도 교체되어 가고 있었다. 소년이 생도 1학년이었던 1980년 7월에 학교장 이취임식이 있었다. 새로 부임한 교장님은 육사 11기 김복동 장군이었다. 그는 군사쿠데타에 반대한 대가로 군 지휘관 인사에서 실병 지휘권이 없는 육사 교장으로 보직되어 군 생활을 마감하게 되었던 것이다.

그가 부임한 이후 처음 생도들에게 모습을 보인 것은 그해 9월에 학교 연병장에서 삼사체전 응원 연습을 하고 있던 1~2학년 생도들 앞에서였다. 그날 학교 지휘부 회식이 있어 술을 한 잔했던 그는 야간까지 응원 연습을 하는 생도들이 생각나 찾아왔던 것이다. 생도들 앞에 도착한 그는 응원단장 단상에 올라서서 수고한다며 자신들의 삼사체전 추억을 말해주었다. 그러다 그의 말이 길어지자 동기생인 교수부장(준장)이 "교장님, 그만 가시죠." 하니까 "야! 너 동기생이지만 내가 교장(중장)인데 나한테 명령하는 거냐?" 하니 교수부장이 웃으며 "아닙니다. 계속하세요."라고 했던 것이다. 그때 소년은 권위적인 장군의 모습이 아닌 아버지 같고 스승 같은 그들의 모습이 무척 인상적이었다.

그해 삼사체전에서 우승을 못 하자 그는 생도들에게 패배의 쓴맛을 잊지 말라고 한 달 동안 휴가 및 외출과 교내 공중전화 사용까지 금지하는 근신을 하게 했다. 생도들에게 우승에 대한 의지를 고취하려고 한 것이었다. 그래서 이듬해 우승을 한 생도들은 승자의 기쁨을 체험하게 되었다.

근신하는 한 달 동안에 그는 전 생도들에게 학교장에게 하고 싶은 말을 적어내게 하고는 1,000명이 넘는 생도들의 건의 내용을 다 읽어본 후 본인이 직접 생도들에게 설명해주었다. 생도들이 적어낸 내용 중에 조치가 필요한 사항은 담당자에게 지시하였고, 잘 모르고 건의한 내용에 대해서는 왜 그리 지시되었는지를 자세하게 설명해주었다. 그래서 고학년인 3~4학년 생도들은 그를 무척 따르게 되었다.

생도들은 학교장이나 생도 대장의 승인 없이는 술을 마실 수 없도록 규정되어 있었다. 그런데 해·공군사관학교 3학년 생도들이 육사에 견학차 방문했을 때 학교장이 주관하는 격려 만찬에서 야전부대 회식 때처럼 삼겹살에 소주를 먹도록 하여 참가했던 육·해·공군사관학교 3학년 생도들 대부분이 많이 취했던 적이 있었다. 당시 1학년이었던 소년은 이해하지 못했는데 임관 후 야전부대에서 그렇게 회식하는 것을 보고 그의 뜻을 알게 되었다.

생도들은 야전부대와 똑같이 아침에 일어나면 일조점호 행사를 하는데 이때 애국가를 부른다. 하루는 그가 생도들의 점호 행사 현장을 둘러보다가 애국가 제창 시 음이 제대로 맞지 않는 것을 보았다. 그래서 어떻게 생도가 애국가 하나를 제대로 부르지 못하냐며 생도들의 노래 실력을 향상하기 위해 중대별로 여학생들과 함께하는 합창 경연대회를 하라고 지시했다. 생도들이 노래 연습을 열심히 하도록 독려하고자 여학생들과 함께하도록 한 것이다. 그래서 한 달간 중대별로 연습을 한 후 경연대회를 열어 우수한 중대를 선발하여 포상했다. 소년의 중대는 우수상을 받지 못했지만, 소년은 그때 매주 여학생들과 함께 합창 연습을 했던 때가 그저 좋았다. 1학년 때 딱딱한 분위기의 사관학교에서 여학생과 함께 노래를 부르며 낭만을 누릴 수 있었기 때문이다. 그때 소년의 중대에서 선정해 연습했던 곡 「히브리노예들의 합창」이 아련히 생각난다.

이후 소년은 수업 시간에 한 교수님으로부터 교장님의 생도교육 철학을 듣고서 감명받게 되었다. 그 교수는 자신의 생도 시절 교장님이 생도 대장으로 근무하면서 장차 리더가 될 생도들이 자율적으로 모든 것을 할 수 있도록 규정을 최대한 완화했다는 것이다. 당시 생도들은 평일에 외출이 안 되었고 저녁 식사 후 1시간 반 동안 학교 주변에 있는 공원까지만 산책할 수 있었다. 그랬던 것을 생도 대장으로 부임한 후에 장소는 상관없이 외출시간만 정해주어 생도 스스로 알아서 복귀하도록 지시했던 것이다. 그랬더니 늦게 복귀하는 사례가 종종 발생하자 많은 간부가 이전처럼 외출 장소를 제한해야 한다고 했다. 그때 그는 "복귀시간을 지키지 못한 생도들만 규정에 의해 처벌하면 되는데 왜 리더가 될 생도들이 자율적으로 하지 못하도록 자꾸 통제만 하려 하느냐."라고 했다는 것이다. 그 얘기를 듣고 소년은 그가 먼 훗날 군의 고위급 지휘관이 될 생도들의 모습을 그리며 지도했다는 것을 알게 되었다.

그렇게 1년 반이 지난 1982년 1월에 그는 군을 떠나야 했다. 군사쿠데타를 반대했던 그에게 군대 내에서 더 이상의 보직은 없었던 것이다.

이임식 및 전역식을 하던 날 강당에 모인 생도들은 단상에서 그가 이임사를 읽어 내려갈 때 모두가 같은 마음으로 흐느껴 울었다. 그때 그가 마지막으로 생도들에게 들려준 이임사 구절을 소년은 지금도 가슴에 간직하고 있다. 그는 마지막에 "나는 모교에서 교장으로 근무하면서 군 생활을 마치게 된 것을 최대의 영광으로 생각하며 남은 여한을 교가에 담겠습니다." 하며 교가를 낭독했던 것이다.

그렇게 소년은 정치군인이 되기를 거절하여 학교장으로 마지막 군 생활을 하면서도 생도들의 먼 훗날 모습을 그리며 자율적으로 생활할 수 있도록 지도했던 그를 진정한 교장 선생님으로 기억하고 있다.

위로되었던 노래들

3남매의 막내인 소년은 초등학교 5학년 때 엄마가 갑자기 떠난 후 외로움을 느끼기 시작했다. 그럴 때 자신의 삶의 모습이 담긴 노랫말을 들으며 위로가 되었고 그러다 그런 노래를 혼자 부르며 애창곡이 되었다.

소년이 중학교 음악 시간에 가곡 「가고파」를 배우는데 문득 형이 엄마 18번이 「가고파」였다고 한 말이 떠올라 단숨에 가사를 외워 엄마가 보고플 때마다 그 노래를 불렀다. 이후에는 악기로도 연주하고 싶은 마음에 계명까지 외워 하모니카나 건반, 기타 등을 연주하기도 했다.

중1 때는 형이 데리고 간 영등포 연흥극장에서 본 어느 한 마라토너의 삶을 그린 영화 〈My Way〉의 주제가가 마지막 장면과 함께 강렬하게 가슴에 새겨져 지금껏 팝송 중에서 18번으로 부르고 있다. 한때 방황하기도 했지만, 결국엔 소신껏 살아가는 주인공의 삶이 소년은 자신의 모습과 비슷하다고 느껴져 그랬던 것 같다.

고교 시절에는 외롭더라도 둥글게 살아가리라는 가사의 '조약돌'이 가슴에 와닿아 좋았고, 충청도에서 자랐던 엄마의 영향인지 고향인 충청도를 그리는 「내 고향 충청도」가 그냥 외워졌다.

생도 시절에는 어느 선배가 불렀던 「그리운 금강산」을 듣고 그 가사와 멜로디의 웅장함에 매료되었다. 그래서 우리나라 가곡에 관심을 두게 되어 독립운동을 하던 선조의 모습을 그린 「선구자」와 「비목」을 좋아하게 되었다.

소년은 임관 후 직업군인이 되어 세상을 좀 더 알게 되면서 7080세대의 많은 히트곡을 즐겨 듣게 된다. 20대 젊은 시절에는 친구들을 통해 당시 젊은이들이 군 입대 전 회식 때 불렀던 「입영전야」를 알게 되었고, 그들과 함께 간 종로 일대 음악다방에서 70년대 명곡들을 듣게 되었다. 그중 소년의 가슴에 끌렸던 노래는 엄마 잃고 다리도 없는 작은 새에 대한 내용이 담겨 있는 「아름다운 것들」, 현실은 비록 답답해도 행복을 향해 가겠다는 내용의 「행복의 나라로」, 현실의 서러움 모두 버리고 자신의 길을 가리라는 「아침 이슬」, 돌보는 사람 하나 없고 눈보라 쳐도 끝내 이겨내리라는 「상록수」 등이었다. 아마도 불우했던 자신의 삶을 생각하며 행복을 향해 전진하려는 마음을 그런 노래들을 통해 해소했던 것이리라.

20대 후반이 되어서는 어둠 속에서도 서로의 마음이 통한다는 사랑의 대단함을 그린 「우리는」, 그리운 사람을 그리워하자는 「푸르른 날」, 88올림픽 공식 주제곡으로 선수촌 경비작전을 수행하며 많이 들려졌던 「손에 손잡고」 등을 즐겨 들었다.

30대가 되어서는 진실을 말해주는 친구의 소중함을 표현한 「친구」, 슬픔도 기쁨도 함께한 친구를 그리워하는 「친구여」, 인생을 한발 두발 걸어서 오르라는 「토함산」, 어두운 곳에 손을 내밀어 밝혀주겠노라는 「사랑으로」 등이 가슴에 와닿았다.

40대에 소년은 더 폭넓게 음악을 알게 되었다. 우연히 들린 카페에서 손님들이 무대에 올라 기타를 치며 노래하는 모습을 보게 되었다. 그곳에서 많은 사람의 다양한 노래를 접하게 되었고, 기타 및 음악의 고수인 사장님으로부터 통기타 음악의 역사에 대해 들으며 소년이 몰랐던 좋은 노래를 알게 되었다. 처음 그곳에서 소년보다 10년 정도 어린 손님들이 즐겨 부르던 통기타 노래가 있어 물어봤더니 고인이 된 '김광석'이라는 가수의 노래라는 것이다. 소년보다 2년 아래인 그 가수의 노래는 그때 처음 들어봤는데 70년대생 세대에서는 엄청난 가수였던 것을 알게 되었다. 그곳에서 그의 노래 중에 「서른 즈음에」와 「어느 60대 노부부의 이야기」, 「두 바퀴로 가는 자동차」는 가사가 사람들의 인생을 표현한 내용이어서 좋아하게 되었다.

그리고 그곳 사장님으로부터 겨레를 사랑하자는 「내나라 내겨레」, 마음을 비우는 뜻의 「떠나가는 배」, 홀로 당당히 사색하겠노라는 「시인의 마을」 등을 소개 받고 즐겨 부르게 되었다. 이후 오래도록 홀로 지내고 있는 아버지가 떠올라 시골 고향의 모습을 그린 「향수」를 외워서 애창하게 되었다.

이후 사춘기가 된 아들과 함께 간 라이브카페에서 아이가 불렀던 노래를 듣고 8090세대들이 좋아하는 노래들도 즐겨 듣게 되었다. 그중에 현실이 힘들지만 힘차게 전진하리라는 「거꾸로 오르는 저 연어들처럼」, 날개를 펴고 세상을 자유롭게 나르라는 「나는 나비」, 어느 길을 가야 할까 고민하는 젊은이의 모습에 대한 「길」 등이 마음에 남아있다.

소년에게 노래는 어린 시절의 외로움을 달래주었고, 성인이 되어서는 사람들과 어우러지며 조국과 우정과 사랑에 대한 마음을 갖게 되어 스스로 당당하게 전진할 수 있는 에너지가 되었다. 그리고 40대 이후에는 자식 세대의 노래까지 관심을 두게 되어 노래는 소년에게 세상과 소통하는 대화 창구였던 것이다.

독서를 통해 얻은 교훈

어린 시절 어려운 형편에서 자란 소년은 세상을 살아가는 지혜를 인맥을 통해 배우기보다는 독서를 통해 얻게 되었다. 책을 읽은 직후에는 현실적으로 와 닿지 않았지만 살아가면서 여러 상황을 경험하게 되니 책에서 배우는 교훈이 적지 않음을 알게 된 것이다. 그중에 소년에게 큰 영향을 주었던 내용들을 정리해본다.

인생은 자신이 생각하는 대로 되는 것이다. 이는 자신이 그리될 수 있다는 믿음을 가지고 항상 생각하며 말하고 행동하면 습관이 되고 가치가 되어 운명이 결정된다는 것이다. 소년도 어릴 적 엄마가 떠나기 전에 "훌륭한 사람이 되어라."라는 말을 듣고 아직도 그리되도록 노력하고 있다.

행복한 사람은 자신만의 목표를 정하고 그 실천 과정에서 행복을 느낀다. 그리고 한 우물을 10년쯤 파야 제대로 결실을 볼 수 있다. 소년이 임관 후 10년이 되어 영관장교가 되니 그 의미를 이해하게 되었다.

누가 말 한마디 한 것이 마음에 걸린다면 정신적으로 체한 것과 같다. 화를 내는 것은 감정을 통제하지 못하는 자신을 드러내는 것이다. 이는 자기 주관이 강해서 생기는 것으로 자기 마음을 스스로 정할 수 있는 만큼 행복을 느끼게 된다.

누군가에게 위로받으려고 생각하면 삶이 더 힘들게 되니 자신을 스스로 위로하고 남도 위로해 줄 생각을 하면 그때 위로가 되고 힘이 나게 된다. 진정 자신의 마음만큼 생각해주는 남은 없기 때문이다.

소년은 60이 지나며 100년을 살아온 김형석 교수의 얘기를 참고하고 있다. 그는 저서에서 인생의 황금기는 60~75세라고 했다. 아마도 60년을 살아봐야 인생의 의미를 알고 진정 행복하게 사는 것이 무엇인지를 알게 되기 때문이리라. 그래서 그는 60~75세에 열심히 살아간다면 이후의 삶이 여유 있을 것이라고 했다. 그리고 소년 같은 마음으로 무엇에 대한 열정을 갖고 있어야 행복하게 살 수 있다고 했다. 세상사 애환을 내려놓고 순진한 소년의 마음으로 새로운 목표에 대한 열정으로 하루하루를 살아가는 것이 행복이라는 것이다.

이렇게 소년은 세상을 살아오면서 책을 통해 좀 더 여유로운 삶을 살아가려고 하고 있다. 그러다 보니 60이 지나며 '도닦는 소리'가 들리기 시작했나 보다.

—

실망은 남에게 바라는 마음에서 생기나니
　　바라지 않으면 실망할 것도 없으리라.
화가 나는 것은 자신과 남을 정확히 모르는 데서 오나니
　　자신과 남을 제대로 알면 화날 것도 없으리라.
서운함은 자신이 부족하다는 마음에서 생기는 것이니
　　자신을 세상의 주인공으로 생각하면 사라지리라.
그리움은 과거에서 벗어나지 못해 생기나니
　　현실에서의 행복을 발견하게 되면 벗어나게 되리라.

허무함은 과거의 굴레에서 벗어나지 못해 생기나니
　　　새로운 미래를 꿈꾸게 되면 자연스레 치유되리라.

외로움은 가치관의 차이로 인해 생기는 것이니
　　　자신의 방식대로 즐겁게 살아가면 사라질 것이리라.

모든 근심은 세속적인 욕망에 비례하여 커질 테니
　　　세속적인 때를 씻어낼수록 삶이 더욱 풍요해지리라.

제2장

사람 사는 모습에서
얻은 지혜

예의를 갖추면 득을 본다

소년은 고교 시절 인사를 잘한다고 대단한 칭찬을 받은 적
이 있었다. 등하교 시 학생들 대부분은 정문을 지나갈 때 선생
님도 아닌 경비원들에게 인사하지 않고 그냥 지나쳤다. 인사했
던 일부 학생들도 교모를 벗는 시늉을 하며 건성으로 했다. 그
런데 소년은 경비실을 지나갈 때 모자를 벗고 그 앞에 서서 꾸
뻑 고개 숙여 공손하게 인사를 했다.

그러다 고3말에 육사 필기시험 합격자 발표가 난 날 합격
소식을 듣고 학교로 달려온 아버지가 경비원들에게 소년의 이
름을 대며 만나러 왔다고 하니 그들은 아버지에게 "자식 교육
을 잘 시켜 아들이 예의가 참 바르다."라고 말했던 것이다. 그

말을 들은 아버지는 소년을 만나 "네가 그렇게 예의 바르게 행동해서 아버지까지 좋은 말을 듣게 하니 대견하고 고맙구나."라고 말했다. 그때 소년은 자신의 예의 바른 행동이 자신뿐만 아니라 부모에게도 그 칭찬이 돌아간다는 것을 알게 되었다.

그 후 성인이 되어 친구와 함께 포장마차에 갔을 때의 일이다. 소주와 멍게안주를 시켜 먹다가 안주가 떨어졌는데 안주를 더 시킬 돈이 없어 소년이 주인아줌마에게 "아줌마! 오이와 당근 좀 더 주세요." 했더니 그 친구가 그렇게 하면 효과가 없다며 자기가 하는 것을 보고 배우라는 것이었다. 그러더니 그 친구는 웃으며 "사장님, 오이와 당근이 참 맛있네요. 혹시 조금 더 먹을 수 있을까요?" 했다. 그랬더니 포장마차 아주머니는 웃으며 기본으로 주었던 양보다 더 많이 듬뿍 주는 것이 아닌가. 그 후 소년은 어느 가게에 가더라도 그 친구에게 배운 대로 주인을 대우해주어 좋은 대접을 받게 되었다.

세월이 흘러 소년은 50대에 전역 후 택시운전을 할 때 어느 80대 노인을 태운 적이 있었다. 통상 60대 이상의 어른들은 말투가 하대하는 식이었는데 그는 택시기사에게 깍듯이 예의를 지키며 말을 했던 것이다. 그때 소년은 그 노인의 멋진 모습을 보고 자신도 젊은 사람들에게 예의 있는 말투로 대하며 나이 든 사람의 품위를 지켜나가고 있다.

화를 내면 손해 본다

﹒﹒﹒﹒﹒﹒﹒﹒﹒﹒﹒﹒﹒﹒﹒﹒﹒﹒﹒﹒﹒﹒﹒

소년이 어릴 적에는 가부장적인 사회여서 아버지의 권위가 대단했다. 그래서 아버지가 한 말씀은 누구라도 따라야 하는 것으로 알고 자랐다. 그러다 엄마가 세상을 떠난 뒤 가세가 기울게 되자 아버지의 권위는 점차 힘을 잃어가게 되었다. 그런 상황에서도 소년의 아버지는 권위적으로 자식들을 대하여 자식들에게서 멀어지기 시작하다가 자식들이 결혼한 후에는 아예 왕래조차 뜸해졌던 것이다. 자식들은 그래도 아버지의 권위적인 말투를 어느 정도 이해했지만, 며느리들은 그런 홀시아버지를 이해하지 못했다. 당시 며느리들 눈에 비친 시아버지는 자식들에게 아무것도 해준 게 없이 잔소리만 하고 경제적으로 부양하기를 요구하는 부담스러운 존재로 생각되었던 것이다. 그런 아버지를 보고 소년은 자신이 아버지로서 아무런 조건 없이 그냥 부모로서 베풀 사랑이 있는데도 왜 그렇게 자신의 권위적인 모습을 고집할까 하고 안타까워했다. 그러면서도 아버지를 따랐던 소년은 홀로 지내고 있던 아버지의 권위를 지켜주려고 노력하면서 자신도 그런 아버지를 보고 따라 하게 된 것이다. 그래서 소년은 살아가면서 불필요하게 큰 손해를 보고 나서야 자신에게 돌아온 손해가 모두 화를 냈던 자신의 언행에서 유발되었음을 깨닫게 된 것이다.

소년은 상관에게 절대복종을 요구했던 시절에 군 생활을 하면서도 자신이 알고 있는 원칙에 안 맞으면 상관에게도 자신의 의견을 당당히 말하거나 불만 어린 표정을 지었다. 직업군인 대부분이 상관의 지시에 즉각 적극적으로 이행하려는 자세를 보이는 분위기에서 소년의 그런 모습을 본 상관들은 소년을 부정적인 생각을 하고 있거나 반항적인 부하로 본 것이다.

소년은 부하에게도 잘 모르고 한 행동에는 관대했지만, 반드시 지키도록 지시한 것을 알고도 어겼을 때는 매우 엄하게 대했다. 그러나 소년이 화를 내며 야단을 쳤을 때 그 이유를 이해하지 못한 일부 부하들은 자신들을 무시하거나 미워하는 것으로 생각했던 것이다. 그래서 이따금 상관에게 불려가 부하들이 힘들어한다는 얘기가 있다는 지적에 일일이 설명해야 했다. 그때 소년은 아무리 옳은 지적이라도 부하가 이해하지 못하거나 감당하지 못할 정도로 심하게 화를 내면 오해만 생긴다는 것을 알게 되었다.

어느덧 60대가 된 소년은 아무리 자신의 생각이 옳더라도 상대방에게 화를 내며 지적하면 상대방은 화낸 모습만 기억한다는 것을 알게 되었다. 자신의 어린 시절을 돌아보니 어려웠던 가정 형편에도 당당하게 화를 냈던 아버지의 모습을 자신도 모르게 따라 한 부분이 있었던 것이다. 그러자 새삼 아직도 수양이 덜 된 자신의 모습을 반성하며 사람마다 다 다르게 생각하고 행동한다는 것을 이해하며 살아가게 되었다.

여자를 알아야 성공할 수 있다

초등학교 5학년 때 엄마가 세상을 떠난 후 집에 여자는 두 살 위인 누나만 있었는데 아버지와 오빠, 남동생과 같이 살았던 그녀는 다소 중성적이어서 소년은 여자에 대해 잘 알지 못하고 자랐다. 그래서 소년은 어릴 적 자신을 항상 사랑으로 대해주었던 엄마를 이상적인 여인상으로 생각했다.

그랬던 소년은 결혼하고 난 뒤 아내의 행동이 이해되지 않았다. 그녀는 신혼여행 첫날밤에 침대 방으로 예약이 안 되었다고 인상을 썼고, 산골생활을 부담스러워했으며, 혼자 있을 때는 무섭다고 하였다. 그리고 소년의 월급을 받아 생활하면서도 소년이 쓰는 비용을 통제하려 했고 소년이 퇴근 후 모임에 나가려면 꼬치꼬치 묻는 것이었다. 게다가 소년의 말에 고분고분하지도 않고 한마디 하면 화를 내며 몇 마디를 하면서도 정작 바퀴벌레만 봐도 깜짝 놀랐다. 그런 그녀와 살면서 소년은 자신이 솔직히 얘기할 때마다 그녀가 언짢게 생각하는 것을 보면서 그녀와 대화하기를 부담스러워하다가 점점 자신의 속마음을 보이지 않게 되었다.

아들을 키우면서도 서로의 교육관이 달라 소년은 답답하게 생각하게 된다. 소년은 어릴 적 엄마에게 한 번도 혼나지 않고 자랐는데 그녀는 아이가 잘못할 때마다 매를 대면서 야단을 쳤고 그때마다 엄마한테 맞지 않기 위해 무조건 잘못했다고 하는 아이를 보고는 안타까워했다. 그러다가 이따금 아이가 사내답지 못한 행동을 했을 때 소년이 야단을 치며 혼내려 하면 그녀는 어떻게 아빠가 아이를 그렇게 무섭게 다루느냐고 하여 어이가 없었다. 그녀는 소년과 반대로 엄마가 교육을 전담하는 집안에서 엄마에게만 혼나며 자랐고 아버지는 그녀에게 사랑으로만 대했던 것이다. 그렇게 아이가 자라면서 자신의 생각대로 자라지 못하자 소년은 자신의 생각만이 옳지는 않을 수도 있다고 생각하게 되었다.

소령이었던 30대 때 동료들과 술을 마신 후 한잔 더 하기 위해 소년이 자신의 집으로 가자고 했더니 그들이 오기를 꺼려 결국 바깥에서 한잔 더 하고 귀가한 적이 있었다. 당시 아내에게 그 얘기를 했더니 그녀는 다들 자기 아내가 남의 집에 가면 그 집 아내가 힘드니 가지 말라고 하여 그렇기도 하고, 나중에 자기 집에 가자고 했을 때 남이 오는 것을 거절할 수가 없기 때문에 가지 않는 것이라고 하는 게 아닌가. 1990년대부터 어느덧 남자 대부분이 아내의 의도대로 살고 있다는 것을 알게 되었다.

그렇게 여자를 잘 모르고 살아오다가 40대 중반이 되어 합동참모본무 지휘통제실 중령 실무자로 근무 중에 여직원과 실랑이를 벌이게 된다. 당시 사무실에 같이 근무했던 여 군무원은 소년이 바쁘게 일하고 있을 때 옆에서 전화 통화를 오래 하여 일에 집중할 수가 없었다. 그래서 화가 난 소년이 인상을 쓰며 "업무시간에 전화는 용건만 간단히 합시다." 하며 사무실을 나섰던 적이 있었다. 잠시 후 사무실에 돌아오니 그녀는 서운한 표정으로 소년을 못 본 체하는 것이 아닌가. 그래서 소년도 괘씸한 생각에 며칠 동안 말을 안 했더니 나중에는 직속상관에게 다른 부서로 옮겨달라고 한 것이다. 상관이 소년을 불러 갔더니 "왜 하나밖에 없는 여직원을 잘 데리고 있지 못하고 분란을 벌이냐."라고 하여 소년이 당시 상황을 설명하며 어이가 없어 하자 그는 "이곳에서 근무하려면 여직원을 잘 대할 줄 알아야 한다."라고 하는 것이었다. 그러면서 소년에게 "어쨌든지 네가 여직원의 상관이니 달래서 같이 근무하거나 아니면 다른 사람을 직접 구해오든가 하라."라는 것이 아닌가. 그 말을 듣고 더욱 화가 난 소년은 이후 1주일 동안 그녀와 말을 하지 않고 지냈더니 결국에는 답답했던 그녀가 소년에게 화해하자고 말을 걸어왔다. 그때 소년이 화해는 동료들 간에 하는 것이지 어떻게 상관인 자신과 화해하자는 것이냐고 했더니 그제야 그녀가 사과의 말을 하여 소년도 기분을 풀고 예전처럼 같이 근무하게 되었다. 그 후 소년은 그 여직원이 왜 그리 행동했는지를 듣고서 여자들의 마음을 조금은 알게 되었다. 그녀는 자신이 잘못한 것을 알고 있었기 때문에 소년이 부드럽게 말을 하면 될 것을 인상을 쓰면서 말을 해서 충격을 받았다는 것이다. 그러면서 그녀가 그곳에서 20여 년을 근무하는 동안 자신에게 그렇게 무섭게 인상을 쓴 사람은 소년이 처음이었다고 하는 것이 아닌가. 그 말을 듣고 소년은 자신이 여자를 잘 모르는 부분이 있다는 생각이 들었다.

세월이 흐르며 이제는 남자들이 여자를 알아야 성공할 수 있는 시대가 된 것 같다. 과거 우리들 부모 세대처럼 여필종부하는 아내는 더 이상 없다. 남편 대부분이 아내 뜻대로 살아가고 있으니 그런 시대의 흐름을 모르고 자기 방식으로만 살아가서는 함께 어울릴 수 없다는 것을 알게 되었다.

등산과 세상살이

많은 사람이 등산을 한다. 건강을 위해서든 정신을 맑게 하기 위해서든 각자 저마다의 목적을 가지고 산행한다. 특전부대에서 천리행군을 몇 번 하면서 산행의 괴로움만 갖고 있었던 소년은 어느 날 울적한 마음을 달래려 산에 올랐다가 내려오는 길에 인생의 이치에 대해 깨달은 바가 있어 이따금 산행을 다시 하게 되었다.

산을 오르며 깨달은 것은 때마다 산행하는 사람들은 다르지만, 산은 원래 있던 자리에 그대로 있다는 것이다. 그런데도 사람들이 산행할 때마다 다르게 느끼는 것은 사람들의 마음이 환경에 따라 변하기 때문일 것이다.

산에 올라 주변 경관 전체를 보려면 정상에 올라가야 하는데 그러기 위해서는 그만큼의 땀을 흘려야 한다. 그리고 빨리 올라갈수록 산속 풍경을 제대로 보지 못하게 된다. 그렇다고 풍경에 빠지면 그만큼 늦게 올라가게 되고 깊이 빠져버리면 정상에 오를 생각을 하지 않게 된다.

사람들은 산 정상에 올라 주변을 내려다보고 싶어 한다. 그래서 산행하는 사람들 대부분은 정상까지 오르려 한다. 그러나 산 정상에 있으면 처음에는 시원하다가 시간이 지나면 추

워지게 되고 너무 오래 있으면 내려오다가 어두워져 길을 잃게
된다.

산행할 때 남들이 가던 길을 가면 알기 쉽게 목적지에 도
착하게 되는데 남이 가지 않은 길로 가면 더 빨리 갈 수도 있지
만 잘못하면 길을 헤매게 되어 더 늦거나 다른 길로 빠질 수도
있다.

간혹 어떤 사람들은 걸어서 오르기를 싫어해서 케이블카
로 손쉽게 산에 오르기도 한다. 그러나 그들은 정상에 올라도
보이는 풍경을 그냥 눈으로 볼 뿐이고 땀 흘린 만큼의 시원함
을 느끼지 못한다. 그래서 땀 흘려보지 않은 사람은 굳이 힘들
게 걸어서 정상에 오르려 하지 않는 것이다.

소년은 군 생활 동안 많은 산길을 걸으면서 산행의 의미보
다는 산을 훈련 임무를 완수하기 위해 극복해야 할 대상으로
생각하여 가급적 빨리 넘으려고만 했다. 그러면서 엄청난 땀과
고통을 참아야 했기에 한동안은 산을 볼 때마다 힘들었던 시
절이 떠올라 여가에 산행할 생각을 하지 않았다. 어쩌다 가족
과 같이 산행해도 주변 경관을 보며 여유롭게 오르지 못하고
빨리 정상까지 올라야 한다는 생각으로 혼자서 앞서 걷기만 했
던 것이다.

그러다 고교 동창들과 산행을 갔을 때 소년은 산행의 재미

를 다시 알게 되었다. 그들은 서둘러 올라가려고 하지 않았고, 올라가다가 좋은 경관이 있으면 쉬었다 가는 등 산행하는 과정을 즐겼던 것이다.

그들과 같이 산행하고 나서 소년은 산행이 마치 인생살이와 비슷하다는 것을 알게 되었다. 인생이란 정상에 빨리 오르려고만 하면 더없이 외롭고 여유가 없지만, 천천히 주변도 보고 서로 어우러지며 살아간다면 행복해지는 것이 아닐까.

어두운 곳과 밝은 곳

사람들은 어릴 때 밝은 곳에서만 살다가 어른이 되면서 어두운 곳을 알게 된다. 처음에는 어두움을 접할 수 있는 자유와 낭만을 만끽하다가 어둠 속에서 벌어지는 온갖 나쁜 행위들을 접하고는 점차 그곳을 벗어나려고 한다. 그러면서도 한편으로는 어둠 속의 편안함을 그리워하기도 한다.

사람들은 통상 어두운 곳은 위험하고 밝은 곳은 안전하다고 생각한다. 그래선지 가난한 사람들은 어두운 곳에서 주로 활동하고 부유한 사람들은 밝은 곳에서 지낸다. 가난한 사람들은 돈이 없기에 낮에도 햇빛이 잘 안 드는 곳에서 살면서 밤에도 침침한 불빛에서 지내지만 부유한 사람들은 햇볕이 잘 드는 곳에 살면서 밤에도 휘황찬란하게 밝히고 살고 있다.

그렇게 서로의 계층이 나뉘어 살고 있지만 서로 잘 살아가기 위해서는 각자의 역할을 제대로 하는 것이 중요하다. 어느 한쪽이 다른 한쪽을 무시해서 그 틀이 무너지면 서로에게 엄청난 재앙으로 돌아오기 때문이다. 과거에는 어두운 곳에 사는 사람들이 무조건 밝은 곳에 사는 사람들의 지시를 받고 살았지만, 이제는 그들도 집단으로 단합하여 대응하게 되었기에 더이상 무시할 수 없게 된 것이다.

어두운 곳에 살던 사람 중 일부는 성공해서 밝은 곳으로 가기도 하고, 밝은 곳에 살던 사람 중에서도 실패하여 어두운 곳으로 밀려나기도 한다. 또한 어두운 곳에서 자란 아이들이 자신들에게 주어진 환경이 사회제도의 모순 때문에 어쩔 수 없다고만 생각하면 절대로 그곳을 벗어날 수가 없고, 밝은 곳에서 자란 아이들도 아무 노력 없이 마냥 부모에게 물려받은 유산 속에 머물러 있으면 언젠가는 어두운 곳으로 떨어지게 된다.

그리고 어두운 곳에서 밝은 곳으로 간 사람이 미래를 보며 앞으로 가지 않고 어두운 자신의 과거 속에서 벗어나지 못하면 다시 어둠 속으로 빠질 수 있고, 밝은 곳에서 어두운 곳으로 간 사람이 현실을 직시하여 부단히 노력하지 않고 밝은 곳에서의 추억만 되새겨서는 어둠 속에 영원히 머물게 되는 것이다.

소년은 초등학교 시절 자신이 밝은 곳에서 사는 줄 알고 있다가 고교 시절에 어두운 곳을 헤매보았고, 육사에 가서 밝은 곳을 경험하게 되었다. 그러면서 어둠 속에 있는 아버지를 밝은 곳으로 모셔올 수 없는 자신의 현실을 안타까워하며 어둠 속으로 갔던 때가 있었다.

2004년도 중령 때 서울에 근무하며 33평 아파트에 살고 있던 소년은 부근에서 월세 17만 원짜리 단칸방에서 지내고 있는 아버지를 모시지 못해 고민하다가 집을 나와 아버지 거주지 부근의 단칸방에서 지냈던 적이 있었다. 그때 어둠에 들어가 보니 그 속에 있는 소년의 아버지는 더 이상 밝은 곳으로 나올 수 없는 처지에 있었음을 알게 되었다. 그래서 소년이 그곳을 나오게 되었는데 아버지는 그곳 사람들과 지내다가 말없이 세상을 떠나버렸다. 그래서 주변을 돌아보니 형제들은 어둠 속을 빠져나오고 있었고 소년의 아내는 소년이 빨리 나오기를 기다리고 있었다. 그때 소년은 고교생인 자신의 아이도 마냥 어둠 속을 즐기며 돌아다니고 있는 것을 보고는 정신을 차리게 되었다. 그래서 소년은 다시 어릴 적 꿈을 그리며 밝은 미래를 향해 나아가고 있다. 그래야 자신의 아이가 보고 따라온다는 것을 알게 되었기 때문이다.

그러나 소년은 한때 자신이 어두운 곳으로 들어갔던 시간을 후회하지 않는다. 그곳에서 사는 사람들은 어렵게 살았지만 작은 것에서도 기뻐하고 자기네들끼리 서로 어우러져 행복하게 살고 있었으며, 그곳에 있는 많은 사람이 밝은 곳을 향해 열심히 살아가고 있었다. 그런 장면을 보고 소년은 가슴 뭉클하게 깨닫게 된 것이다. 그런 경험으로 인해 소년은 현재 자신의 처지보다 더 어려운 사람들을 이해하게 되었고 밝은 곳으로 가기 위해 노력하는 사람들을 보며 인생에 대한 아름다운 활력을 얻게 되었다.

술 취한 모습들

사람들은 슬프거나 기쁠 때 술을 마신다. 그러면서 자신들의 감정을 토해내며 살아가고 있다. 그리고 술에 취하면 사람들의 마음속에 있는 것들이 각양각색의 모습으로 나타나게 된다.

사람들이 술 마시고 취하는 이유는 자신의 일이 뜻한 대로 되지 않았을 때 답답하여 그 생각을 잊으려고 하거나 술에 취해 자신이 원하는 것들을 마음껏 그려볼 수 있기 때문일 것이다. 종교가 있어 열심히 기도함으로써 자신의 마음을 달래는 사람들도 있지만 종교가 없는 사람들은 술에 취하여 자신의 마음을 달래려 하는 것이다.

소년도 성인이 되어 자신의 답답한 현실을 달래기 위해 술을 마시러 다니면서 술 취한 사람들의 모습을 많이 보았다. 그러면서 술 취한 모습 속에 비친 사람들의 심리를 생각해 보았다.

술집에 가서 술을 마실 때 말없이 술만 마시다 취하는 사람은 내성적인 성격이어서 술자리에서조차 자신의 속마음을 말하지 못하고 취해서 잠들어 버린다.

술을 마시며 자신의 얘기를 주로 하는 사람은 자신의 주관이 강한데 직장이나 집에서 자신의 뜻대로 되지 않을 때 답답한 마음에서 술기운에 떠들며 기분을 푼다.

술자리에서 취한 모습을 보이지 않는 사람은 철저히 자신을 감추려 하거나 상대방에 대한 계산이 있는 사람이다. 그런 사람은 술에 취해 자신의 속마음이 겉으로 보이지 않도록 술을 마신 척하지만 실제로는 마시지 않고 사람들의 표정을 살핀다. 또한 상대방에게 무언가를 바라는 사람은 상대의 비위를 맞춰주며 기분 좋게 취한 상대방에게 자신이 원하는 것을 해주겠다고 말하도록 한다. 그런 사람들과 술을 마시고 나면 인간적인 정이 들지 않기 때문에 다시는 같이하지 않게 되며, 피해를 본 사람들은 아예 혼자서 마시게 된다.

술 마시는 취향에 따라 사람마다 그 성격과 환경을 알 수가 있다. 술에 취해 2차로 접대부가 있는 집을 찾는 사람은 권위적이면서 성을 밝히는 사람인데 집에 있는 아내에게는 자신이 원하는 대로 할 수 없기에 술집에 가서 접대부에게 돈을 주며 자신의 기분을 푸는 것이다. 그러니 그곳에서는 일방적인 손님의 요구에 접대부가 매상을 올린 만큼 응해주는 이해관계만 존재한다.

경제적인 능력이 있고 지적인 사람들은 접대부들이 미모를 갖추었을 뿐만 아니라 대화가 되면서도 악기 연주나 노래 등의 특기를 갖추고 있는 고급 술집을 찾는다. 그런 곳에서 접대부들은 아내나 애인, 가수 등의 역할을 하며 손님들의 수준 높은 요구를 맞춰주지만 그만큼 높은 비용을 요구한다.

여자를 잘 아는 사람들은 좀 더 경제적으로 나이트클럽 같은 곳에서 부킹하며 여자를 만난다. 그곳에서는 여자들도 남자들을 만나러 오기 때문에 그런 여자들의 심리를 잘 아는 남자들은 그녀들과 합의하고 합석하여 한때를 즐긴다. 그들은 서로에 대해 알 필요가 없이 육체적 욕구만 충족되면 되므로 그런 관계는 오래가지 않는다.

돈이 별로 없는 사람들은 일반 술집에 가서 여주인이나 여종업원에게 농을 거는 것으로 허전한 마음을 달랜다. 그곳에서는 공개된 장소여서 몸을 만지지는 못하고 눈으로 보기만 하며 말만 건넬 수 있기 때문에 서민들이 주로 찾는다.

남자 대부분은 술을 마시러 가도 여자가 있는 곳을 찾고 술에 취하면 여자들과 더 긴밀한 관계를 갖고 싶어 한다. 집에서는 아내들이 남편의 생각이 어떤지 모르고 자기 기분대로 맞춰주기를 바라기 때문에 남편들이 밖에서 술 마실 때 자기 기분을 달래줄 수 있는 곳을 찾아가게 되는 것이다.

소년은 임관 후에 술을 마시게 되었고, 몇 년이 지나자 취했을 때 기분이 좋아지는 느낌을 알게 되었다. 그러나 소년은 접대부가 있는 술집은 별로 좋아하지 않았다. 그곳에는 인간적인 정이 없고 계산적인 행동만이 있기 때문이다. 그런 곳에 일하는 여자들은 겉은 예쁘게 치장하고 있지만, 손님의 기분을 적당히 맞춰주어 매상을 올리려는 생각만 하기에 사람다운 대화는 불가능하다고 봐야 한다.

소년은 살아오면서 술집은 단골을 정해 다녔다. 단골집을 선택할 때는 대부분 퇴근 후 한잔하고 귀가할 수 있는 집 근처에서 찾는데 주인의 인상이 인간적이고 선한 상이면 충분했다. 단골집은 들릴 때마다 정겹게 인사하고 한잔하며 세상사 이야기도 편히 나눌 수 있었다. 그런 단골집은 근무지가 바뀌어 떠난다고 하면 아쉬워하며 서비스 안주를 주기도 하고 떠난 이후

어쩌다 들리면 무척 반가워했다. 소년은 지금도 그런 단골집을
정해 다닌다. 아마도 어릴 적 가족과 함께 정겨웠던 감정이 느
껴져서인 것 같다.

사람들의 수읽기

사람들 간에 상대방의 마음은 본인들이 스스로 얘기하기
전에는 알 수가 없다. 그리고 사람들 대부분은 자신의 속마음
을 감추려 하기에 정작 정확히 그 사람의 생각을 알지 못한다.
그런데도 겉으로 드러난 모습이 그의 전부인 줄 알고 대하다가
큰 손해를 보게 되거나 실망하기도 한다. 소년도 그런 경험을
하면서 사람들의 속을 꿰뚫어 보는 현상들을 연구해보았다.

술집에서 술을 마실 때 상대에게 술을 마시도록 강요하는
사람은 상대를 이기려는 마음이 강해서이다. 그런 사람은 상대
방이 취할 때까지 계속해서 술을 권하기 때문에 조심해야 한
다. 그리고 계산할 때 취한 척하는 사람은 자신의 이익이 우선
인 사람이니 믿어서는 안 된다. 그런 가운데 술에 취했다고 더
마시려 하는 것을 말리고 취한 동료를 집까지 바래다주거나 술
값을 조용히 계산하는 사람들은 마음을 주고받을 수 있는 상

대라 할 것이다.

고스톱이나 포커를 할 때 딴 돈을 남들이 보지 못하도록 슬쩍 자신의 주머니에 넣어두고 판 위에는 소량의 돈만 놓아두는 사람은 철저히 계산적이라 하겠고, 돈을 잃었는데도 판 위에 계속 자신의 돈을 꺼내놓는 사람은 허세가 많은 성격이니 적당히 믿어야 한다. 그리고 판돈을 다 잃고도 일어나지 않고 외상으로라도 게임을 계속하려고 하는 사람은 신뢰할 수 없는 사람이니 기대해서는 안 될 것이다. 판이 끝나고 난 뒤에 대부분의 사람은 잃었다거나 본전이라고들 하는데 솔직하게 얼마를 땄다고 얘기하는 사람은 믿어도 되는 사람이라 하겠다.

운동할 때 자신이 질 때 화를 내거나 이길 때까지 계속하자고 하는 사람은 승리에만 집착하여 상대방을 배려하지 못하는 사람이고, 경기 간에 반칙하고도 아니라고 우기는 사람은 거짓말을 쉽게 하는 사람이며, 져도 상관없다는 식으로 대충하는 사람은 사람 관계에 성의가 없는 사람인 것이다. 열심히 경기에 임하고 나서 승패에 연연하지 않는 사람이 마음이 바른 사람이라 하겠다.

바둑을 둘 때 한 번 둔 수를 물리려고 하는 사람은 항상 자기 말을 바꿀 수 있는 사람이고, 바둑이 불리한데도 졌다고 하지 않고 끝까지 버티는 사람은 상대의 실수를 바라는 사람이며, 상대의 실수로 이긴 것을 자신의 실력이 더 나은 것으로 알고 떠드는 사람은 자신을 과대 포장하려고 하는 사람인 것이다. 상대의 실수가 아닌 자신의 실력으로 이기려고 하고, 상대가 묘수를 두었을 때 이를 호평하며, 승패의 원인을 정확히 알려고 복기하는 사람은 세상의 이치를 정상적으로 터득하려는 사람이라 하겠다.

사람들 대부분은 이기는 것과 자신이 이겼다고 자랑하려는 작은 마음에서 벗어나지 못하고 있다. 그러나 진정 수준이 높은 사람은 이기려고만 하지 않고 상대의 입장을 배려하면서 서로 즐길 수 있는 방법을 찾으려 하기에 많은 사람이 함께하려고 한다는 것을 알아야 하겠다.

욕심을 버리면 전부 보인다

보통 사람들은 불혹의 나이가 지나면 자신과 이해관계가 없는 일에 대해 객관적으로 볼 수 있는 안목이 생긴다. 자신의 이익과 관련된 문제에 대해서는 자기 이익을 먼저 취하려고 하기 때문에 객관적으로 보지 못하는 것이다. 명문대학을 나와 각종 고시에 합격한 이들이 높은 지위에 오르지만 이러저러한 이권을 쫓다가 법의 심판을 받는 사례를 종종 보게 된다. 이는 사회적인 평가 기준에는 똑똑하다고 인정받아 높은 지위에 올랐다 하더라도 자신의 모습을 객관적으로 바라보는 지혜가 부족하여 권력과 돈에 집착하는 자신의 모습이 이상해진 것을 분간하지 못하기 때문이다.

국가 전체를 봤을 때도 국가에서 최고의 지위에 오른 역대 대통령들이 모두 자신이나 자녀들이 법의 심판을 받는 곤욕을 치렀다. 전부가 돈에 대한 집착 때문이다.

소년도 직업군인 생활을 하며 유사한 경험을 해보았다. 군인에게 성공이란 진급을 말하며 진급하기 위해서는 상관에게 잘 보여야 하는데 이때 결국 돈이 드는 것이다. 더 많은 상관에게 더 많이 잘 보이려면 그만큼의 시간과 돈이 들게 된다. 그래서 소년은 부임지에 처음 가서 인사치레로 하는 것 외에는 일절 하지 않았다. 전역할 즈음에 후회하지 않기 위해서였다. 그랬더니 전역할 때는 진급을 못 한 서운함보다 보람 있게 근무한 추억이 훨씬 많이 남게 되었다.

또 하나 버려야 할 욕심은 성욕이다. 사회적으로 높은 지위에 오르거나 유명해진 사람들이 한순간에 성추행 논란에 휘말려 법의 심판을 받게 되고 스스로 목숨을 끊는 경우까지 있다. 높은 자리에 올라 권력을 가진 후에는 자기중심적으로 해도 괜찮다는 착각에 빠져 자신의 권력 하에 있는 여성을 함부로 대하다가 그리된 것이다. 게다가 자신의 딸 또래 여성에 대해 성추행을 한 이들도 있는데 그들은 결국 세상에 알려져 자기 딸을 볼 면목이 없을 때 자살을 선택하게 된다.

이렇게 권력을 가진 자가 물욕이나 성욕을 버리지 않으면 패가망신하게 되는데도 그런 일이 벌어지는 것은 그런 자리에 오를만한 위인이 아닌데 올랐기 때문이다.

이런 일들이 반복되고 있는 이유는 남보다 높은 지위에 올라야 인생에 성공한 것이고 그래야 행복한 것으로 잘못 알고 있기 때문이리라.

소년은 군 생활하는 동안에 진급에 목매는 장교들을 보며 안타까워하다가 정작 자신이 진급에 안 되어 동기생과 후배 보다 낮은 계급으로 있기가 민망해 정년 전에 조기 전역했다. 전역해서 고교 동창들을 만났더니 그들은 육사 나와서 장군 진급도 못 했다고 실망하지 말라는 것이 아닌가. 소년이 절대 그렇지 않고 홀가분하다고 했는데도 그들은 믿지 않았다. 그들역시 50대가 되어 세속적인 삶에 찌들어있었기 때문이다.

그러다 어느 날 한 고교 동창의 부친상에 갔을 때 고교 동기인데 재수해서 육사 후배로 임관하여 장군이 된 친구가 조문온 적이 있었다. 당시 중령으로 전역 한 소년이 먼저 도착해서 문상 후 문상객들을 위한 식당에 앉아있는데 그가 오자 동창 대부분이 장군이 된 그를 보러 그의 주위로 옮겨 앉는 것이 아닌가. 그래서 선배인 소년은 먼저 간다고 나왔다. 장군이 된 후배 친구가 어색하지 않도록 배려한 것이다. 그 후 몇 번 더 고교 동창의 부모상 때 조문하며 그를 보게 되었는데 그럴 때마다 그는 소년에게 먼저 인사를 했다. 그런 장면을 본 고교 동창들이 이후에는 소년을 보더니 장군의 선배가 오셨다고 하는 것을 보고 웃음이 나왔다. 소년은 그대로인데 자기들의 잣대로 이랬다저랬다 한 것이었다.

박근혜 정부 초기에 내각에 선발된 이들에 대한 국회 청문회에서 온갖 불법적 행위들이 밝혀져 논란이 되던 때에 한 고교 동창이 소년에게 물었다. "자신에게 저리도 문제가 많으면 장관직에 추천되었어도 스스로 그만둔다고 해야 하지 않냐?"라고 하기에 소년은 "자신 스스로 을이라고 생각하고 있는 사람들이 갑이 되기 위해서 저리 하는 것이다. 자신이 갑이라는 의식이 확실하면 저런 문제들이 생기지 않지."라고 말해주었다.

소년은 고교 시절 한 때 대통령의 꿈을 갖은 적도 있었다. 그래서 도덕적인 잣대를 스스로 엄격히 하며 살아왔다. 세월이 흐르며 대통령의 꿈은 내려놓았지만, 대통령의 마음으로 살아가고 있다. 욕심을 버리니 전부 보이기 때문이랄까.

운명을 이해하면 여유가 생긴다

사람들은 자신의 운명이 어떻게 될지 모르면서 자신의 생각대로 살아가다가 뜻대로 되지 않을 때는 자기 주변 사람들을 원망하게 된다. 그러다 죽을 때가 되어서야 자신이 살아온 삶 자체가 자신의 운명인지를 알고 눈을 감는다.

사람들은 자신의 일이 잘 풀리지 않는다고 생각되면 자신의 운명에 대해 알려고 사주에 대해 관심을 두고 여기저기 찾아다닌다. 그러나 그들은 본인이 말한 부분에 대해서만 통계적으로 말해줄 뿐이며 정작 자신의 삶은 자신만이 제일 잘 알 수 있으리라.

소년은 초등학교 5학년 때 엄마가 갑자기 세상을 떠난 후 경제적으로 어렵게 살았다. 그러나 그런 상황을 당연히 받아들여선지 위축되지 않고 당당하게 고교를 마쳤다.

고교 3학년 때에는 가정형편이 너무 어려워 육사에 갈 수밖에 없을 때 장차 사회에 필요한 역할을 하는 것은 군에서도 할 수 있다는 명분을 갖고 긍정적으로 생도 생활을 했다.

임관 후 전국 각지를 돌며 근무할 때는 짐을 옮겨야 하는 불편함과 다시 사람을 사귀어야 하는 어려움이 있었지만 새로운 곳에서 또 다른 임무를 새롭게 만난 사람들과 함께해본다는 생각으로 즐겁게 근무했다.

그러다 중령 때 진급이 안 되어 상위 직책을 맡을 수 없게 되자 정년을 몇 년 앞두고 군에서 더 이상 자신이 소신껏 일할 상황이 아니라고 판단하여 미련 없이 전역을 결정했다.

부친상을 치른 후 22년을 유지해온 가정을 깨고 이혼을 결정한 이유는 가치관이 다른 남녀가 부부로 살아가는 것은 서로에게 고통만 안겨준다고 판단되었기 때문이었다. 그래서 소년은 운명으로 받아들여 먼저 끝내자고 했고 소년이 번 재산을 다 주고 몸만 나와 새로 시작했다.

그러다 뜻하지 않게 자란 환경이 비슷한 여인을 만나 재혼하게 되었다. 그녀는 소년의 누나와 전처의 중간 나이였는데 소년과 아버지의 생일 중간에 생일이 있어 운명으로 생각하여 만난 지 1주일 만에 혼인신고를 하고 부부가 되었다.

전역 후 노무사 자격시험 준비를 몇 년간 하다가 직장을 알아보기 위해 100여 곳에 이력서를 내서 10여 곳에서 직장생활을 하며 본인과 맞는 곳을 찾아 헤매다 마침내 찾아서 3년째 근무하고 있다.

소년은 편부슬하라는 결손가정에서 자라 고교 졸업 후 스스로 살아가고 있다. 육사를 입학한 시점부터 국가에서 소년을 키우고 일자리를 주었으며 현재는 연금까지 주고 있다. 그래서 소년은 어린 시절 엄마의 별세, 군 생활의 고난, 이혼의 아픔, 재취업의 난관들을 긍정적으로 받아들이며 자신을 키워준 국가를 위해 도움이 될 만한 일들을 찾아서 하고 있다.

먼저 당장 할 수 있는 것부터 하기로 했다. 젊은 사람들이 나이 든 사람들에게 좋은 생각을 갖도록 항상 밝은 표정으로 대하고 그들의 문의 사항에 대해 친절하게 알려주고 있다.

그리고 어린 시절 경제적 어려움을 겪은 기억을 잊지 않고 고향 신길동에 사는 결손가정에 기부하기 시작했다. 이후 배고팠던 때를 떠올리며 무료 급식 기관에서 봉사활동을 하며 자신을 힐링하고 있다. 아울러 어릴 적 독학으로 성장했던 자신을 떠올리며 삶의 지혜를 쌓는 데 도움이 될 만한 글을 쓰고 있다. 사회적 욕심은 내려놓았지만 아름답게 늙어가려는 의욕은 죽을 때까지 갖고 있어야 한다고 생각하기 때문이다.

떠난 후에 남겨지는 것들

소년은 장교로서 27년간 10여 개 부대에서 근무하며 깨달은 것이 있었다. 새로운 부임지에 가서 업무 파악을 하는 동안에 가장 먼저 들리는 얘기가 전임자에 대한 험담이었다. 그런 얘기를 해주는 사람들은 전임자와 경쟁 관계에 있는 사람이거나 전임자의 부하로 있던 간부들이었다. 상하관계가 엄격한 군대에서 전임자가 임관 선임이거나 직속상관인 경우에는 면전에서 단점을 말할 수 없지만, 그가 없는 상황에는 자기들끼리 불만을 얘기하다가 떠나고 나면 후임자에게 참고하라며 모든 불만을 얘기했던 것이다. 그때 소년은 어느 한 장교가 근무를 잘했느냐에 대한 진정한 평가는 그가 떠난 후에 부하들과 동료들에 의해 전해진다는 것을 알게 되었다. 그래서 소년은 근무할 때 업무를 규정에 의해 완벽하게 처리해서 사후에도 하자가 없도록 했고, 떠나기 전에는 업무수행으로 인해 오해가 생겼거나 소홀했던 전우들과는 반드시 화해의 시간을 가졌다.

소년이 결혼 후에는 숙소로 군 관사나 아파트를 사용했는데 이사를 할 때마다 장교들이 1~2년마다 주기적으로 이사해서인지 제대로 청소가 안 되어 있었다. 특히 화장실은 거의 관리가 안 된 공중화장실 같은 상태여서 좌변기 및 배수구에 오래된 오물 등이 묻어있고 악취가 심하게 났다. 당시 처는 비위가 약해 화장실 청소를 도저히 못 하겠다고 하여 소년이 도맡아서 세제를 뿌려가며 두어 시간을 하고 나면 진이 빠질 정도였다. 그래서 소년은 이사 갈 때마다 짐이 나간 후에 집안 내 청소까지 완벽히 하고 떠났다. 이후에 이사 올 또 다른 장교는 소년이 겪었던 고충을 반복해서 받지 않게 하겠다는 마음에서였다.

소년은 어릴 적에 엄마가 떠났지만, 엄마가 보여준 사랑의 마음을 간직하고 살아가고 있다. 그리고 엄마가 주변 사람들에게 베푼 사랑이 음덕이 되어 소년에게 돌아온 적도 있었다. 그래서 성인이 된 아들에게 직접적으로 더 이상 해줄 것은 없지만 자신이 사회에 베풀며 산다면 언젠가는 아이에게 갈 수 있다는 생각으로 살아가고 있다.

어느 유품정리사가 쓴 에세이『떠난 후에 남겨지는 것들』에서 떠난 후에 가장 크게 남는 것은 사랑이라는 내용을 보고 소년은 자신의 삶을 되돌아보게 되었다. 그래서 소년은 삶의 목표를 새롭게 정했다. 아들이 죽을 시점에서 아버지를 떠올릴 때 그래도 훌륭하게 살았던 사람이라는 생각이 든다면 충분하다는 것이다. 아버지가 떠난 후 아들이 그 나이가 되어가며 알아가다 죽음에 이르러서 진정 삶의 의미를 깨달았을 때 알게된다면 족할 뿐이다. 그래서 세상을 떠날 때까지 좀 더 많은 사랑을 베풀며 살아가려 한다.

3부

주어진 행복이 보이다

제1장

내려놓으니
여유롭다

그림자 속을 벗어나

아들에게 아버지란 존재는 그 사람의 삶에 지배적인 영향을 미친다. 아들은 아버지의 유전인자를 받고 태어나 아기 때부터 처음 접하는 성인 남자인 아버지의 행동을 보고 따라 하며 그가 만들어 놓은 환경에서 자라게 되기 때문이다. 자라면서는 아버지와 다른 자신을 발견하며 고민하다가 부자간의 갈등이 생기기도 한다. 그때 아버지가 아들을 믿어주지 않거나 아버지로서 책임 있는 모습을 보이지 않으면 부자간의 대화는 끊어지게 되며 심하면 남보다 더 못한 증오하는 관계가 되기도 한다. 그러다 아버지가 세상을 떠나게 되면 뭔가 허전함을 느끼게 되고 자신도 눈을 감게 될 때는 그 아버지와 크게 다르지 않게 살아온 자신을 발견하게 된다. 소년도 50대가 될 무렵에 아버지를 떠나보내며 이제껏 자신에게 드리워진 커다란 그림자 속에서 벗어나고 있는 자신을 발견하게 되었다.

소년이 고3 때였다. 집이 망해 떠돌이 생활을 하면서도 육사에 합격했다는 소식을 듣고 학교로 달려온 아버지가 "네가 그렇게 어려운 상황에서도 그 학교에 합격했구나, 고맙고 자랑스럽다." 하며 기뻐했던 모습을 소년은 잊을 수가 없었다. 소년은 생도 시절 휴가 때마다 아버지가 있는 곳을 찾아가서 같이 보냈고, 그때마다 아버지는 막내아들을 사람들에게 소개하며 자랑스러워했다. 그래서 소년은 어렵게 살고 있지만 자기를 믿어주며 자랑스러워하는 아버지를 자신이 지켜야 한다고 생각하게 되었다.

그러다 소년은 아버지를 재혼시키려고 남들에게 재혼 상대를 부탁하게 되면서 아버지의 실체를 조금씩 알게 되었다. 어렵게 자랐어도 돈 안 드는 육사에 진학했던 소년은 경제적으로 큰 어려움을 모르고 있었는데, 아버지 재혼 상대를 알아보던 중에 한 친구의 어머니가 아버지에 관해 묻는 과정에서 아버지의 실상을 얘기하자 곤란하다는 표정을 지었던 것이다. 그때 소년은 아버지가 통상적인 생각으로는 이해할 수 없을 정도로 낮은 수준의 생활을 하고 있다는 것을 알게 되었다. 그래서 포기하고 있었는데 막내아들이 그처럼 아버지의 재혼을 위해 노력하는 모습을 대견스러워했던 친구 어머니가 좋게 얘기해 주어 선을 보게 되었다. 그런데 맞선 날 부산에서 서울로 올라온 아버지는 앞니가 모두 빠진 채 틀니를 못해 입 주위가 함몰된 모습으로 나타났다. 그때 소년은 다시 한 번 아버지가 경제적으로 너무 여유가 없다는 것을 확인하게 되었다. 그래도 재혼 상대 아주머니가 집안 형편은 어렵지만, 자식들이 건전하게 잘 자란 모습에 결혼하기를 희망했으나 아버지는 소년에게 아직 경제적으로 서로 결혼할 여건이 되지 않는다고 거절했다.

그 후로 한 번 더 재혼할 상대가 있었으나 아버지는 또 비슷한 이유로 거절하여 그 뒤로 소년의 형제들은 각자 결혼하게 되었다. 그러나 자식들이 모두 결혼하여 각자의 가정을 갖게 되자 까다롭고 경제 능력이 없는 홀시아버지를 모시고 살 며느리가 없었기에 아버지는 점차 홀로 쓸쓸하게 지내게 되었고 소년의 고민도 깊어만 갔다.

그렇게 20년 동안 아버지의 생일이나 명절에 이따금 용돈을 전하는 것 외에 달리 할 수 없었던 소년은 아버지가 떠나기 몇 년 전에 아버지 곁에서 지낸 적이 있었다. 자신은 넓은 아파트에서 살고 있는데 서너 평 남짓 되는 방에서 지내고 있는 아버지를 안타까워하다가 집을 나와 아버지가 사는 부근에 방을 얻어 지낸 것이다.

그러나 오랫동안 홀로 지냈던 73세의 아버지는 이미 중국에서 온 56세의 동포 여인과 혼인신고를 하고 같이 살고 있었다. 소년이 갔을 때 아버지는 처음에는 반가워했지만, 그녀와 오붓하게 사는 모습을 본 소년은 더 이상 아버지를 찾아갈 필요가 없었던 것이다. 그래서 소년은 다시 집으로 돌아왔다.

그 후 2년여가 지나자 소년은 갑자기 아버지가 숨을 거두었다는 연락을 받게 되었다. 평상시 신체적으로 건강했던 아버지가 그리 빨리 숨을 거두리라 예상하지 못했던 자식들은 경황없이 장례를 치르게 되었다. 아버지가 남긴 얼마 안 되는 재산은 법적 부인으로 남겨놓은 조선족 여인에게 전해지도록 상속 포기각서를 써주었다.

장례를 치른 후 소년은 아버지 유품을 받아 근무지로 내려왔다. 유품 중에 수첩을 발견하여 펼쳐본 순간 소년은 남은 미련을 버려야 했다. 아버지가 수첩에 일기를 적어놓은 3년의 기간은 아버지가 홀로 지낼 때 소년과 가장 사이가 안 좋았던 시기였기 때문이다. 아버지는 당시 갈 곳 없던 자신을 가장 비참한 모습으로 적어놓았던 것이다. 수첩을 다 읽은 후에 소년은 집 뒤 공터에서 그 수첩을 태워버리며 서서히 아버지를 자신의 마음속에서 지워버리기 시작했다.

그 후 몇 개월 뒤 아버지가 시신을 기증한 고대병원에서 유가족 초청 하에 합동으로 추모제를 한다고 하여 참석했다. 그 학교에서는 매년 의대생들의 해부학 실습을 위해 시신 기증을 한 고인들의 이름을 기념탑에 새겨놓고 유가족을 초청하여 합동 위령제를 한 것이다. 기념탑에 새겨진 아버지 이름을 보니 소년은 그가 생전에 "호랑이는 죽어서 가죽을 남기고 사람은 죽어서 이름을 남긴다."라고 했던 말이 생각났다.

그러자 아버지가 떠나기 며칠 전에 전화 통화한 내용이 떠올랐다. 당시 회식을 하며 한잔한 소년이 아버지에게 안부 전화를 했을 때였다. 당시 입대한 아들 녀석이 입대 전에 할아버지께 인사를 드리고 오라 했더니 끝내 가지 않고 입대한 것이 죄송하여 "아버지, 아이가 아버지께 들리지 않은 건 그 전에 아버지에 대해 서운한 것을 아이에게 말해서 그런 것 같아요, 죄송해요." 했더니 아버지는 "그리 말해줘서 고맙다. 그런데 그건 네가 서운하도록 이 아비가 먼저 잘못했기 때문이야."라고 했던 것이다.

그렇게 소년의 아버지는 마지막에 멋진 모습으로 떠났다. 그래서 소년은 떠나버린 아버지를 바라보며 그의 그림자 속에서 벗어나 아름다운 무지개를 바라보게 되었다.

혈연관계를 정리하다

아버지의 시신은 장례식을 치른 후 1년 반이 지나서야 의대생들의 해부학 실습이 끝난 후 화장하여 유족에게 유골함이 전달된다는 통지서가 장남인 소년의 형에게 송달되었다. 소년은 장례식장에서 고대병원 구급차에 실려 간 아버지의 시신이 언제 유족에게 돌려지는지 담당자에게 주기적으로 물어봤다. 아직 장례가 다 끝나지 않았다고 생각했기 때문이었다. 그런데 담당자는 해부학 실습을 할 시신이 많이 있어서 2년이 넘게 걸릴 수도 있다는 것이 아닌가. 그래서 소년은 가급적 빨리 아버지의 시신을 해부학 실습하도록 해서 화장해달라고 부탁했다.

매월 담당자에게 확인 전화를 했던 소년은 어느 날 드디어 아버지 시신이 화장되는 날이 정해졌다는 얘기를 듣게 되었다. 그런데 며칠 후라는 것이 아닌가. 그래서 소년이 담당자에게 "그런데 왜 더 일찍 알려주지 않았느냐?"라고 따져 묻자 그는 "장남에게 통지문을 보낸 지가 2주 정도 지났다."라고 하는 것이었다.

당시 현역으로 근무하고 있던 소년은 부랴부랴 휴가를 냈고 병으로 의무복무 중인 하나뿐인 아들의 부대에도 연락하여 청원 휴가를 신청해서 참가하게 했다. 그런데 화장하기 전날 소년은 황당한 얘기를 듣게 되었다. 장남인 형이 아버지 화장터에 오지 않겠다고 하는 것이 아닌가. 고대병원 담당자가 벽제화장장에서 화장한 후 납골당까지 안치해주는데, 굳이 갈 필요가 있냐는 것이다. 그는 자신의 둘째 딸이 정신장애를 앓고 있는 이유를 외부에서 찾는 듯했다. 그래서 그는 화장 날을 소년에게 알려주지 않았던 것이다. 게다가 그는 여동생인 소년의 누나에게도 갈 필요가 없다고 말하여 소년이 누나하고라도 함께 갈 생각으로 전화했더니 누나도 가게 때문에 갈 수가 없다고 하는 것이 아닌가. 하도 어이가 없어 소년은 집에서 혼자 한잔하다가 울화가 치밀어 형에게 '이 등신아! 처가 기둥에 절하며 평생 그렇게 살아라! 난 내 가족이라도 데리고 갈 거니까.' 하는 문자를 보냈다. 그랬더니 그는 다음날 여동생과 함께 장례 복장이 아닌 평상복으로 화장장에 나타났다. 그러나 형에게 무례한 문자를 보낸 소년에게는 아는 체하지 않았다. 그리고는 화장하는 동안 그들은 함께 온 고종사촌과 웃고 떠들고 있는 것이 아닌가. 소년은 그 모습을 아들에게 보이는 것이 부끄러워 아들을 데리고 밖으로 나와 "네 큰아버지가 할아버지에게 무시당한 상처가 너무 커서 저런 것 같다. 그래도 자식 도리는 제대로 해야 하는 것이란다."라고 말해주었다.

화장이 끝나고 그들은 화장장에서 곧바로 귀가했기에 아버지의 유골함은 소년이 아들과 함께 공원묘지 창고에 보관했다. 이미 25년 전에 떠난 어머니의 시신이 묘지에 안장되어 있으니 사전에 어머니 묘를 납골묘로 개장했더라면 아버지 시신이 화장되는 날에 유골함을 납골묘에 안치할 수 있었는데 묘지에 대한 권한을 쥔 장남은 그렇게 생각하지 않았던 것이다. 그는 아버지에 대한 감정이 좋지 않아 아버지 유골을 강물에 뿌려버리려 했다가 소년의 반대로 엄마의 산소 자리에 가족 납골묘로 개장하여 안치하기로 했는데 아버지 시신이 화장하는 날까지 개장이 안 되어있어서 임시로 창고에 보관할 수밖에 없었다.

애초에 그는 묘자리가 좋지 않아 자신의 둘째 딸이 정신장애를 앓고 있다며 엄마의 시신을 화장하여 다른 곳으로 이장하자고 하여 소년도 함께 경기도 내 여러 납골 공원을 돌아봤는데 기존 묘자리보다 훨씬 좁은 공간밖에 없는 것을 확인하고는 있던 자리에 납골묘로 개장을 하기로 한 것이다.

그렇게 두 달 후 엄마의 산소 개장일이 정해졌다. 형의 아내가 받아놓은 길일에 개장 및 화장해야 한다고 고집하여 화장장을 예약할 때 예약 신청이 쇄도함에 따라 온 가족이 동원되어 예약을 시도한 끝에 가까스로 예약할 수 있었다. 어머니 묘를 개장하는 날에 형은 큰집 맏형 부부와 친구들을 불렀다. 중학교 교장선생으로 정년 퇴임한 맏형 부부도 검은색 장례 복장으로 왔는데 형과 누나는 그때도 평상복으로 왔다. 소년은 사전에 화장이나 개장도 장례식에 준해 치른다는 것을 처자에게 알려주어 소년의 가족은 복장을 갖춰 갔던 것이다. 그때까지 형과 대화하지 않고 있어서 어머니 묘지 개장에 따른 절차는 소년이 형의 아내와 상의하여 유골함 및 묘비 등을 정했다. 그런데 묘비 내용을 정할 때 부모 이름 뒤에 선생과 여사를 넣으면 남들이 시기하여 자손들에게 좋지 않다는 그녀의 주장대로 소년 부모의 납골 묘비에는 이름만 새겨져 있다.

개장 후 납골 묘지로 바꾸는데 2주 정도 소요된다고 해서 그때 부모의 유골함을 안치하기로 정했는데 안치하기로 한 날 며칠 전에 형의 아내가 전화로 길일에 맞춰야 한다며 날짜를 2주 더 늦춰야 한다고 하는 것이 아닌가. 참다못한 소년이 정해진 날짜에 안치하겠다고 하니까 그날 형이란 사람이 계약을 취소해버렸다. 결국 한 달 후 그들이 정한 길일에 부모의 유골이 안치되었다.

부모의 묘조차도 자신들의 이익을 위해서만 이용하려는 그들을 보며 새삼 낯설게 느껴졌다. 그러자 그때 그들이 했던 말이 아직도 귓가에 황당하게 남아있다. 당시 형의 아내는 소년에게 "이제는 떠난 아버지보다 살아있는 형이 우선인 것 아니에요?" 했고, 이후 만난 형은 "네 형수란 사람은 참 입이 무겁

단다. 예전에 친정엄마가 우리 아버지 사주를 봤더니 태어나지 말아야 할 사주라는 거야. 그런데 네 형수는 그런 얘기를 듣고도 내게 아버지가 떠난 후에야 말하는 거 아니냐"

그런 그들의 행동을 보고 한때 소년은 아버지에게 받은 상처가 너무 커서 그런 줄로만 알고 아버지를 원망했었다. 그러다 60이 되자 각자 그렇게 살아온 현실을 운명으로 받아들이며 혈족의 굴레에서 벗어나게 되었다.

소년 바로 위 누나는 부모의 가족 납골묘가 완성된 후 6년이 되는 해 1월에 목매어 자살로 생을 끝냈다. 인문계 여고를 나와 별도의 자격증이 없어 행정직에 취직을 못 했던 그녀는 아버지의 꾸지람으로 공장에 잠시 다니기도 했으나 그만둔 후에는 집에서 살림만 했다. 20대 후반에는 큰집 맏형 집에서 서른이 되도록 살림을 맡아 지내다가 결혼했다. 그녀는 당시 말단 공무원이었던 오빠와 대위였던 남동생의 급여보다 많이 버는 것으로 알고 대형 사우나 지배인을 하던 남자와 결혼했다. 결혼하고 몇 년이 지나자 그녀의 남편이 일하던 사우나가 문을 닫자 부부는 함께 노래방을 차렸다. 1990년대 후반에는 노래방이 생긴 지 얼마 안 되던 시절이라 10년 정도는 잘 되어 조그마한 아파트도 구입하여 괜찮았는데 이후에는 여의찮아지자 가게를 접고 교대역 부근 대형 찜질방에서 식당을 운영했다. 그러다 찜질방이 파산되어 그만둔 후에는 다시 대림동에서 노래방을 하게 되었다. 그러나 그때는 이미 노래방에 오는 손님들이 주로 2차로 와서 도우미를 불러 노는 분위기로 바뀌어 수입도 예전보다 훨씬 적었다. 그녀는 자신과 맞지 않는 현실에서 점차 삶의 의욕을 잃어가기 시작했다. 게다가 그녀의 남편은 중졸인데 대졸 행세를 하며 이중적인 태도를 보였고 취한 후에는 부부싸움을 하다가 손찌검을 했던 것이다. 그런 사실을 알게 된 소년이 아무리 화가 나더라도 누나가 매형에게 욕을 하면 편을 들어줄 수 없다고 했더니 그녀는 소년에게 자기편을 안 들고 그런 나쁜 놈 편을 든다며 화를 냈다. 그래서 소년이 누나에게 "정 싫으면 그렇게 싸우며 살지 말고 이혼하든지 죽든지 하지." 했더니 1년 후 자살로 끝내버린 것이다. 이혼이 두려웠는지.

장례식 후 그녀의 남편은 20대 중반의 아들이 있는데도 유골을 친정 부모 납골묘역에 두도록 요청하여 그녀의 유골은 부모 납골묘에 안치되어 있다. 출가외인이 유골이 되어 돌아온 것이다.

누나가 떠난 후 몇 년간 소년은 그녀를 지켜주지 못한 자책감에 엄청나게 괴로워했다. 그래서 술에 취하면 노래방을 하는 누이가 그리워져 노래하러 돌아다니며 만취가 되기를 반복했다. 그러다 60에 접어들자 그 또한 각자의 운명이라는 제3자의 관점에서 바라보게 되었다. 어릴 땐 한 부모 밑에서 함께 자란 형제여서 공감하는 것이 있지만, 성인이 되어 각자의 사회에서 하는 일에 따라 그 수준 차이가 나게 되고 결혼한 후에는 배우자의 수준에 따라 그 격차가 더 나게 되어 형제라도 남보다 더 소통이 안 될 수도 있다는 것을 알게 된 것이다.

소년에게는 아들이 하나 있다. 그 아이도 벌써 30대 중반이 되었다. 소년이 9공수특전여단 중대장 시절에 강원도 계방산으로 야외 전술훈련을 나가 있을 때 아이가 태어났다. 천리행군으로 부대에 복귀하여 아이를 처음 본 순간 앞 가마가 똑같이 있어 신기하면서도 자신의 새끼가 분명한 증표에 뿌듯했다. 아이는 초등학교를 졸업할 때까지 아버지의 부임지로 옮겨야 했기에 다섯 번이나 전학했다. 중학교 때까지 그런대로 잘 자란 아이는 외고에 진학했다. 그런데 외고에 입학한 이후 아이는 게임에 빠져 어긋나기 시작했다. 처음에는 야간 자율학습 시간에 PC방을 가더니 점차 학교 대신 그리로 출근하는 것이었다. 그래서 소년이 집 근처에 있는 일반고로 전학시켰지만, 아이는 더 그쪽으로 빠져버렸다. 고2 때부터 성적이 급격히 떨어져 고3 때는 서울지역 대학에 진학할 수준이 되지 못했다.

재수해서 수도권 지역의 대학에 진학한 아이는 군 제대 후에도 계속 게임 세계에서 지냈다. 그러다 서른쯤에 하스스톤 게임에서 프로게이머가 되고 새도우버스 게임에서 3위 입상 후 해설위원으로 활동하고 있다. 그렇게 살아온 아이는 어느덧 30대 중반으로 자신의 삶을 스스로 살아가고 있어야 할 나이가 되었다. 그러나 아직도 아이는 엄마의 집에서 지내며 살아가고 있다. 소년이 이혼하며 다 주고 나와 아이의 엄마는 친정아버지에게 받은 집 한 채와 소년이 벌어온 돈으로 구입한 집 한 채가 있어 일하지 않아도 그럭저럭 살아갈 수 있는데 아이도 그 밑에서 그렇게 살아가고 있는 것이다.

아이는 아버지가 재혼한 지 5년 만에 나타났다가 2년 전부터 다시 안 오기 시작한다. 나이가 들수록 본인의 앞날이 불확실한 것에 대한 부담이 드는 모양이다. 아이는 30여 년 간 공직에 근무하며 규칙적으로 살아온 아버지와는 거의 정반대로 살아왔다. 본인이 벌어 부양하는 것이 아닌 부모의 재산으로 편안히 먹고사는 아이 엄마처럼 사는 것 같아 소년은 안타까워하지만, 이제는 어찌할 수 없음을 알고 그 또한 내려놓아야 할 때라고 생각하고 있다.

소년은 문득 단골집에서 들은 얘기가 떠오른다. 아버지 근처에서 1년간 살던 시절에 단골로 갔던 식당에서 아버지와 함께 식사한 적이 있는데 그다음에 들렀더니 아버지 보다 몇 살 적은 식당 여사장님이 소년에게 "친아버지 아니죠?" 해서 소년이 "맞는데요, 왜 그러세요?" 했더니 "에이, 친아버지 아닌 것 같은데." 하기에 이상해서 왜 그렇게 봤느냐고 다시 물어보니 갸우뚱하며 나중에 다시 오면 알려주겠다고 하는 것이 아닌가.

또 한 번은 손님들이 무대에서 기타를 치며 노래하는 단골 라이브카페에 형과 함께 간 적이 있었는데 거기서도 사장님과 단골손님 한 사람이 형제가 너무나 다르다고 얘기하는 것이었다. 그들 또한 이유는 자세히 얘기하지 않았고 그냥 그렇게 느껴졌다고만 했다.

지금에 와서 돌이켜보니 어쩌면 아버지와 형이 비슷하고 소년이 엄마를 닮아서 그렇게 본 것 같은 생각이 든다.

아이 또한 엄마를 닮아 아버지인 소년과 달리 살아가고 있다는 생각이 들자 이 또한 홀로 거듭나야 하는 소년의 운명으로 받아들이게 되었다. 그러자 소년은 현재 자신에게 주어진 행복을 하나씩 찾기 시작한 것이다.

사회적 관계에서 자유로워지다

소년이 중령으로 진급하여 1공수특전여단에서 대대장을 하고 있을 때였다. 당시 대장으로 전역하는 연합사 부사령관이 전역 전날에 자신이 근무했던 부대를 순회 방문했는데 1공수여단 3대대장을 역임하여 함께 근무했던 부사관들을 만나 인사를 하고 갔다. 그날 주요 직위자 운동모임 차 테니스장에서 만난 1년 선배에게 소년이 물어봤다. "별 넷을 달았다가 전역할 때는 어떤 기분일까요?" 했더니 그 선배는 "아마 10층 옥상 꼭대기에서 떨어지는 기분이 아닐까?" 그래서 소년이 "그럼 중령으로 전역할 때는 어떨까요?" 했더니 그는 "그건 계단에서 한 칸 헛디딘 정도겠지." 하는 것이 아닌가. 그 말을 듣고 소년은 웃다가 어쩌면 맞는 말이라는 생각이 들었다.

직업으로 군 생활을 하는 장교들에게 진급은 권력과 부를 함께 누릴 수 있는 최고의 혜택이다. 그래서 진급하기 위해 근무 외에도 영향력 있는 상관들에게 잘 보이려고 온갖 노력을 다한다. 그러다 진급이 되면 다행이지만 진급이 되지 않으면 더 큰 실망과 함께 자신의 군 생활을 행복하지 않게 생각한다. 또한 진급한 사람들이 진급하지 못 한 사람들보다 모든 면에서 잘난 줄 알고 행세하는 모습을 보면 더욱 자괴감을 느끼기도 한다.

　그러나 소년은 YS정권 때부터 군이 사회보다 훨씬 뒤처지게 되었는데 군에서 오직 진급하기 위한 사회적 관계를 맺는데 급급한 모습이 그저 우습기만 했다. 그래서 소년은 상관에게 잘 보이기 위해 근무 시간 이외에 별도로 만나 인사한 적이 없었다. 그래선지 전역할 때 소년은 홀가분한 기분을 느낄 수 있었다.

　전역하고 나서 재취업을 하는데 군 관련 업종이 아닌 일반 업종에서는 군 경력을 거의 인정하지 않았고 오히려 중령 출신이라는 것에 대해 일을 시키기가 부담스러워하는 경우도 있었다. 소년이 경비원 면접을 보러 갔을 때였다. 군 복무 27년이라고 적었더니 면접관이 장교인지, 장교면 계급은 무엇으로 전역했는지, 출신은 어디인지를 꼭 물어보는 것이었다. 그때 소년이 중령 전역이고 육사 출신이라고 하면 이런 일을 할 수 있겠냐고 하며 탈락시키는 것이 아닌가. 그래도 계속 알아보니 적당한 일자리를 찾을 수 있었다. 그런 경험을 하고 나니 그럼 대령이나 장군으로 전역한 사람들은 전역 후 노년에 어떻게 살아가는지 궁금해졌다. 그래서 소년은 사회 어떤 일자리라도 할 수 있다고 말할 수 있는 계급으로 전역한 것이 괜찮다는 생각이 들었다.

사람들이 나이 들어가며 반드시 치러야 하는 경조사가 있다. 바로 부모의 장례식과 자식들의 결혼식이다. 부모의 경우 아무리 재산이 많아도 몸이 아프면 자식들이 죽을 때까지 병시중을 들어야 한다. 그리고 장례식장에 문상객들이 올 수 있도록 자신도 남들의 장례식장에 문상을 하러 가야 한다. 또한 자식의 결혼식에 하객들이 많이 오도록 남의 자녀 결혼식에도 자주 다녀야 한다. 게다가 결혼 준비 비용을 도와주어야 하는 것도 적지 않은 부담이 된다. 그래서 퇴직 후에도 많은 부모가 자식들의 결혼 준비를 위해 돈을 벌기도 한다.

　　그러나 소년은 그렇게 부담되는 사회적 관계에서 자유롭다. 소년의 부모는 이미 고인이 되었고 오래전 치렀던 아버지 장례식 때 문상을 왔던 이들의 부모 장례식은 거의 조문을 다녀왔다. 10여 년 전 이혼의 아픔을 겪고 홀로 지내다가 재혼했는데 돌아보니 전처에게는 80대의 부모가 있어 자식들이 병문안해야 하는데 재혼한 아내는 조실부모하여 그런 부모가 없으니 처 부모상에 의무적으로 조문할 필요도 없다.

　　자식의 경우 소년에게는 아들이 하나 있는데 이미 아이의 엄마에게 전 재산을 다 준다는 공증문서를 아이에게 보여주며 알려주었기 때문에 더 이상 의무적으로 해줄 것은 없다. 또한 아이의 현 상황을 봤을 때 당장 결혼할 처지도 아닌 것 같아 자식들의 결혼식에도 의무적으로 갈 필요가 없으니 친한 친구의 자제인 경우에만 참석하면 될 뿐이다.

그렇게 60대의 나이에 가장 부담이 되는 사회적 관계에서 소년은 자유로워져 자신만의 행복을 찾아갈 수 있게 되었다.

부자로 살아가다

소년은 고교 시절 떠돌이처럼 거주지를 10번 이상 돌아다니며 살다가 육사에 입학한 이후에는 부자로 살아갔다. 육사에 입학한 후에는 국가에서 모든 의식주와 학비는 물론 월급까지 지원하니 소년은 부자가 된 것처럼 살아가게 되어 감사한 마음을 갖게 되었다.

임관해서는 사회와 비교할 때 대졸 초봉보다는 적었지만, 훈련이 많아 돈을 쓸 시간이 별로 없었기에 그 정도 월급으로도 전방에서 쉬는 날 밥 사 먹고 술 한잔하기에는 부족함이 없었다. 그래서 후배 장교들이나 부하들과 함께하는 자리에는 거의 소년이 계산했다.

결혼해서 경제권을 처에게 넘겨준 후 처음에는 쥐꼬리만 한 용돈으로 한 달 동안 쓰라고 하여 다투다가 필요한 돈을 주지 않으면 대출받아서라도 쓰며 살았다. 그렇게 아랫사람들과 한잔하는 자리에서는 계속 소년이 계산했다. 그것이 윗사람의 도리라는 생각이 강했기 때문이다.

동료나 친구 간에도 처음 만났을 때는 소년이 먼저 계산하곤 했다. 자신은 국가에서 키워준 부자라는 생각에서였다.

전역 후 고향으로 이사 와서 옥탑방에서 본 고향 풍경은 어린 시절 엄마와 함께 걸었던 추억이 떠올라 포근했다. 혼자 옥탑방에 산다고 조금도 위축되지 않았다. 소년에게는 연금이 있었기 때문이다.

재혼 전 현 아내를 만났을 때도 소년은 옥탑방으로 안내해서 자신의 모습을 있는 그대로 알려주었고 아내가 좋다고 하여 1주일 만에 혼인신고를 하고 부부가 되었다.

재혼을 하고 나서 월세방을 거쳐 현재 독채 전세를 얻어 8년째 살고 있다. 전세 보증금이 계약 시 금액 그대로여서 소년은 거주에 대해 별도의 비용 지출 없이 살고 있다.

이혼 전에는 경제권을 쥔 전처가 전업주부였는데 아파트 한 채를 추가로 구매하여 계속 돈이 부족하다는 소리를 들어야 했다. 이혼하며 다 주고 나와 보니 비록 집은 없어졌지만, 소년은 홀로 연금을 관리했기에 몇 년간 원하는 공부를 하며 여유롭게 지낼 수 있었다. 그러다 재혼을 하고 나서 아내가 계속 직장을 다니며 둘이 함께 버니까 오히려 결혼 전보다 여유가 생긴 것이다. 그래서 아내에게 말했다. 비록 현재 집은 없지만 좋은 집주인을 만나 독채 전세를 계약 당시 보증금 그대로 8년째 살고 있어 주거에 대한 비용이 안 들고 부모나 자식에게 들어갈 부양비용이 없으니 우리 부부는 버는 만큼 부유하게 살게 될 것이라고. 또한 돈이 많아도 남을 위해 쓰는 돈을 아까워하는 사람은 부자가 아니고, 비록 돈이 많지 않지만 남들을 만나 식사비용이나 필요한 선물 정도는 할 수 있는 사람이 부자로 살아가는 것이라고 말해주었다.

그렇게 소년은 돈 욕심은 없으나 보통 사람들이 살아가는 관계에서 필요한 돈을 여유 있게 쓰면서 부자로 살아가고 있다.

이상형은 없음을 깨닫다

소년의 엄마가 떠나기 직전에 신길동 앞집에 한 여자아이가 이사 왔다. 소년보다 초등학교 한 학년 아래인 그녀는 장군의 딸이었고 아빠의 부임지에 따라 이사를 왔던 것이다. 하루는 동네에서 만나 얘기하는데 그 아이가 "오빠, 우리 엄마 새엄마야." 하며 "친엄마 돌아가시고 얼마 전에 아빠가 재혼한 거

야." 하는 것이 아닌가. 그때 소년은 그저 "응, 그렇구나." 하기
만 했다. 그런데 얼마 후 소년의 엄마가 갑자기 세상을 떠나버
렸다. 그러자 소년은 그때 그 소녀가 했던 말이 와닿았다. 소년
이 중학교에 들어간 이후에는 서로 어울릴 일이 없어 얼굴을
못 보다가 고1 하굣길에 집 앞에서 우연히 그녀를 봤는데 순
간 소년은 아는 척을 하지 못했다. 중3이 된 그녀가 너무 예뻐
져서 이성으로 느껴졌기 때문이었다. 그 후 하루는 비가 억수
같이 쏟아지는 날에 학교에서 우산 없이 귀가하는데 누군가 장
독대에서 우산을 쓰고 동네 길을 바라보고 있는 것이 아닌가.
그녀였다. 그때도 소년은 아는 척을 못 하고 그냥 집에 들어왔
다. 그렇게 몇 번인가 그 소녀는 귀가하는 소년을 바라보고 있
었다. 벌써 45년이 지난 일인데도 소년은 그때 그 소녀의 모습
이 애틋하다. 아마도 초등학교 때 엄마를 잃은 아이들의 심리
가 통해서인가 보다.

소년이 육사 3학년 때 러시아어과와 서울의 D여대 가정학
과 1학년들과 과 미팅을 한 적이 있었다. 그때 소년의 파트너
는 약학과였는데 가정과 인원 중 한 명이 다른 일이 있어 대타
로 나온 것이었다. 동구릉에서 야유회를 겸해 9:9로 만나 점심
을 해 먹고 오기로 해서 남자들이 식사 도구 및 재료를 준비해

서 밥을 했다. 점심을 먹고 나서 설거지해야 하는데 당시 생도들은 설거지를 해보지 않아서 설거지 도구를 준비하지 못했다. 생도 생활 간 식사 후에는 1학년 생도들이 잔반을 밥통과 국통에 모아놓기만 하면 취사병들이 설거지하는 체계였기 때문이다. 그래서 남녀 모두 어떻게 하나 하고 멍청히 있는데 어느 한 여학생이 그릇을 들고 냇가로 가서 지푸라기로 닦아 냇물에 헹구고 있는 것이 아닌가. 그녀는 바로 소년의 파트너였다. 그런 광경을 본 소년은 그녀에게 반해 1년 정도를 사귀게 되었다. 그러다 임관을 앞둔 4학년이었던 소년은 그녀에게 결혼 얘기를 했다. 그러자 당시 2학년인 그녀는 부담스럽다고 만나기를 꺼려 방학 때 그녀가 본가에 내려갔을 때 전주까지 찾아가서 전화했으나 만나지 못하고 돌아왔다. 이후 그녀는 부모에게 말했다고 하며 헤어지자는 것이었다. 그때 소년은 거의 6개월간 그녀를 잊지 못해 괴로워했다. 그러다 마지막으로 만나서 끝내자고 하여 만난 자리에서 소년은 "나보다 조건 좋은 남자 만나 잘 살아라."라고 하며 첫사랑과 끝냈다. 지나고 보니 2남 2녀의 셋째인 그녀는 그 집에서 유일하게 대학을 다니는 재원이어서 약대를 졸업 후 직장을 다니며 집안을 도와야 하는 처지였기 때문에 군인의 아내로서 전방을 함께 다니며 소년의 내조를 하며 살 수 없었던 것이다.

소년은 4학년 여름휴가 때 외사촌 형이 있는 춘천으로 놀러 가는 길에 한 여인을 만났다. 그녀는 성북역에서 홀로 열차를 기다리는 데 이어폰을 착용한 채 음악을 듣고 있었다. 춘천에 도착해서 소양강댐행 버스 안에서 그녀를 다시 보게 된 소년은 먼저 말을 걸었더니 그녀는 홀로 소양강댐 너머에 있는 청평사에 가는 길이라고 했다. 당시 생도 정복을 입고 있었던 소년이 길 안내를 해주겠다고 하니 좋다고 하여 청평사까지 동행하고 오는 길에 연락처를 받았다. 그녀가 헤어질 때 길 안내 해주어 고맙다며 나중에 연락하면 식사 대접을 한다고 했다. 이후 소년이 그녀에게 전화해서 보자고 했더니 자기가 근무하는 병원 부근인 부천역에서 보자고 했다. 그녀는 전문대학 방사선과를 졸업하고 종합병원의 방사선사로 근무하고 있었고 소년과 같은 또래였다. 만나기로 약속된 날 소년이 다른 볼일을 보다가 15분 늦게 약속 장소에 도착하니 그녀는 보이지 않았다. 그래서 소년은 1시간을 기다리다 학교로 복귀할 시간이 되어 청량리역으로 이동했다. 학교 귀영버스를 타기 전에 소년은 어떻게 된 영문인지 물어보려고 그녀에게 전화했다. 그랬더니 그녀는 약속 장소에서 10분간 기다리다가 오지 않아 집으로 돌아갔다는 것이 아닌가. 그 말을 듣고 소년이 그녀에게 이제 막 대학교에 입학한 1학년도 아닌데 어찌 잠깐만 기다리다

갈 수가 있느냐고 하며 그 정도도 기다리지 못하는 사람이면 더 이상 만날 필요가 없다고 화를 내며 전화를 끊으려 했다. 그랬더니 그녀가 "잠깐만요." 하더니 그럼 언제 한 번 다시 보자고 하는 것이 아닌가. 나중에 알고 보니 부잣집 맏딸인 그녀는 자기에게 그렇게 당당하게 말했던 사람이 없었다며 당당한 소년의 모습에 한 번 만나보고 싶어졌다는 것이었다. 그렇게 해서 그녀와 3년간 연애하고 결혼했다가 이혼했다. 연애 시절에 그녀는 소년의 부하들이 먹을 떡을 해오는 등 소년에게 헌신적인 모습을 보였는데 막상 결혼하고 나니 살아온 환경의 차이가 너무 나서 서로가 결혼생활에 만족하지 못한 것이다. 소년은 단칸방에 사는 홀아버지의 막내였고 부모의 경제적 도움을 전혀 받을 수 없는 환경이었는데 그녀는 100억이 넘는 재산을 갖고 1980년대에 이층집에서 자기 방이 있는 부유한 집 맏딸로 살아온 것이다. 그래서 그녀는 소년과 결혼한 후 소년의 월급을 관리하며 소년에게 쥐꼬리만 한 돈을 주며 한 달을 지내라고 하여 자주 다투게 되었다. 그녀는 결혼 전에는 집에서 주로 소고기를 주재료로 하여 소고깃국과 찜, 갈비, 볶음 등으로 먹었는데 소년과 결혼한 후 돼지고기를 처음 먹어본다고 했으며 순댓국집이나 감자탕집에는 냄새가 역겹다고 들어가지 않았다. 자식 교육도 소년은 자신의 경우처럼 자율적으로 하게 하려는

데 반해 그녀는 부모에게 배운 대로 매사에 아이를 적극적으로 통제하려고 했다. 그렇게 22년이 지나며 소년이 아버지의 장례를 치른 후 그녀에게 그만 살자고 하여 소년은 몸만 나와 새로운 삶을 살게 되었다.

소년은 한때 엄청난 사랑을 느낀 적이 있었다. 어느 라이브 카페에서 처음 본 그녀는 손님으로 와서 통기타를 치며 노래를 부르고 있었다. 그곳은 손님들이 직접 기타를 치며 노래를 부르는 카페였다. 하루는 그곳 사장님이 소년에게 노래를 잘 부르니 그녀의 기타반주에 듀엣으로 노래를 불러보라고 했다. 처음에 그녀는 기타를 배우는 과정이라 기타반주에 노래를 잘 못 맞추었는데 소년과 듀엣을 부르며 기타연주와 노래 실력이 많이 늘게 되었다. 그러다 소년이 이사를 하게 되어 자주 못 보게 되었다. 몇 달 후 소년은 문득 생각이 나서 그녀에게 전화했다. 반갑게 전화를 받는 그녀와 몇 번 통화를 한 후 따로 만나기로 했다. 그녀와 만나 오랜만에 함께 노래를 부르니 기분이 좋았다. 그래서 계속 만나게 되었고 소년은 자신의 인생사에 관한 얘기도 했다. 그럴 때마다 소년보다 8년 정도 연상인 그녀는 엄마나 누나처럼 소년의 얘기에 귀 기울이며 관심을 보였다. 그렇게 시간이 흐르며 소년은 그녀가 자신의 이상형으로 보이기 시

작했다. 그러다 추운 겨울 어느 날 밤에 만난 그녀가 소년이 추
워 보인다며 자신이 하고 온 목도리를 소년의 목에 둘러주는
것이 아닌가. 그 순간 소년은 그녀의 사랑을 느꼈고 그렇게 두
사람은 연인이 되어 지란지교로 지내게 되었다. 이후 소년은 자
신의 인생 이야기에 귀 기울이며 공감하는 반응을 보이는 그녀
와 대화하고 나면 기분이 좋아졌다. 그렇게 그녀의 따뜻한 모
습은 소년에게 얼어버렸던 사랑의 마음이 되살아나게 해주었
던 것이다. 그러다 어느 날 그녀는 소년에게 이별을 통보했고
소년은 그녀의 의견을 존중하여 끝내게 되었다. 세월이 흘러
돌아보니 그녀는 갱년기를 맞아 자신의 현실을 답답해하던 중
에 기타를 치며 스트레스를 풀려 했는데 소년과 함께 듀엣으
로 부르며 삶의 의욕을 되찾았던 것 같다. 소년도 삶이 뜻대로
안 되어 답답했던 시절에 그녀를 만나 얘기하며 많이 위로되었
다. 그렇게 소년은 조금 더 성숙하여 갔던 것 같다.

　　이후 홀로 지내던 시기에 재혼정보회사 매니저로부터 소년
은 마지막 상대를 만나게 되었다. 그녀는 현재 재혼한 소년의
아내다. 처음 만났을 때 소년의 얘기를 귀 기울여 들었던 그녀
의 모습에서 소년은 다정하다는 느낌을 받았다. 그리고 서로
자란 환경이 비슷한 것을 알고 나니 반가웠고 그녀가 「사랑의

비」란 노래를 소녀처럼 부르는 모습에서 소년은 자신과 마지막으로 함께 할 사람이라는 확신을 갖게 되었다. 그래서 소년은 바로 혼인신고를 하여 그녀와 부부가 되었던 것이다.

그런데 문득 8년 연상의 여인이 한 말이 떠올랐다. 그녀는 소년에게 비슷한 또래를 만나면 좋을 것 같다고 했었는데 소년보다 한 해 위인 재혼한 아내가 그녀와 유사한 분위기에 소년과 비슷한 또래였던 것이다. 그래선지 소년은 아내에게 엄마 같고 누나 같은 마음과 여동생 같고 딸 같은 마음을 함께 갖고 있다. 소년은 밥을 차려주며 얘기를 잘 들어주는 모습에서 엄마나 누나 같은 느낌을 받아 좋았다. 그런데 살아가면서 자녀들에 관한 얘기를 할 때 제대로 듣지도 않고 발끈하거나 얘기하는 중에 자기에 대한 내용이 나오면 전체 내용을 다 듣기 전에 중간에서 자르고 화를 내는 모습을 볼 때는 재혼이라는 것이 쉽지만은 않다고 생각하게 되었다. 그러다 아내가 초등학교 3학년 때 아버지를 여의었고 오빠들 사랑도 그리 받지 못한 사실을 알게 되자 소년은 자신이 아내에게 서운한 구석이 있는 것은 먼저 받기를 바라는 마음에 있다는 것을 알게 되었다. 그래서 소년은 아내에게 부족했던 아빠와 오빠의 사랑을 자신이 먼저 주기로 했다. 그랬더니 조금씩 아내의 웃는 모습이 늘어나게 되었다.

소년은 나이 들어가며 「제비」라는 노래가 자주 되뇌어졌다. 남녀 간의 사랑이나 이별을 담은 노랫말을 별로 좋아하지 않는 소년은 왜 그런 가사가 자꾸 입가에 머물게 되는지 한동안 이해가 되지 않았다. 그러다 얼마 전에 문득 「제비」란 노래의 가사에 나오는 '아아~그리워라~ 잊지 못할 내님이여~ 나 지금 어디 방황하고 있나~ (중략) 기다림 속에 님을 그리네~'에서 그 님은 바로 어릴 적 떠난 소년의 엄마였다는 생각이 들었다. 소년의 마음 깊은 곳에 있었던 엄마에 대한 그리움이 저절로 되뇌어졌던 것이다. 소년의 이상형은 엄마였기 때문이었다. 그렇게 소년은 자신의 이상형이 현세에서는 존재하지 않는다는 것을 알게 되었다. 그러자 소년은 그 노래를 즐겁게 부르게 되었다. 그리고 세월이 흘러 죽을 날이 다가올수록 엄마에게 갈 날이 가까워진다는 생각이 들어 현실을 즐겁게 살아가게 되었다.

제2장

맞는 것을 찾다

최적의 일자리가 나타나다

전역 후 공부를 접고 10여 군데의 일자리를 경험한 소년은 마침내 자신에게 맞는 일자리를 만나게 되었다.

소년은 경비원으로 일하려고 강남구 청담동에 있는 아파트 관리실에 이력서를 내고 면접을 보러 갔다. 이력서에 군 복무 31년이라고만 적혀 있는 것을 보고 면접관인 경비대장이 장교로 근무했냐고 묻더니 그렇다고 답하자 다시 계급을 물어 중령이었다고 말했다. 그랬더니 출신이 어디냐고 묻기에 육사 나왔다고 하자 그런 스펙을 가진 사람이 이런 데서 경비원으로 일하겠냐며 회의적인 반응을 보여 취업이 안 되는 줄 알고 돌아왔다. 그런데 며칠 후 면접관인 그가 전화해서는 좋은 소식

이 있으니 와보라는 것이 아닌가. 그에게 갔더니 건물 관리소
장으로 근무할 의향이 있느냐는 것이었다. 그래서 하겠다고 하
니 그는 자초지종을 말해주며 아파트 관리소장을 만나보라고
했다. 그 아파트 입주자 대표가 소유하고 있는 건물이 있는데
관리소장이 갑자기 지병으로 입원하게 되자 후임자가 급히 필
요하여 경비원으로 지원한 사람 중에 자신의 건물 관리소장을
할 만한 경력을 갖춘 사람이 있으면 추천해달라고 아파트 관리
소장에게 부탁했던 것이었다. 그렇게 아파트 관리소장을 통해
건물주를 만나 건물 현장에서 관리소장으로서 해야 할 직무를
소개 받은 후 바로 근무하게 되었다.

건물은 6층 건물인데 층마다 중소기업체의 사무실로 임대
하였고 1층에는 자그마한 커피숍이 있었으며 지하는 단란주점
이 입주해 있었다. 관리소장 업무는 임대차 계약, 매월 임대료
등 공과금 부과, 건물 관리 및 보수와 건물 주위 청소 등이었고
근무 시간은 평일 07:30~16:30분 근무에 급여는 최초 6개월은
최저임금 수준의 급여를 지급하는 조건이었다가 이후에는 15%
인상되었다. 그 급여만으로는 적다고 하겠지만, 소년에게는 군
인연금이 나오고 부양해야 할 가족이 없는 것을 고려하면 60대
에 괜찮은 수익이 보장된 것이다.

건물주는 관리소장을 교체하며 관리소장 직무에 건물 공

용구역에 대한 청소업무를 추가하였다. 유지관리비를 줄이려는 취지였다. 처음에는 약간 황당했으나 소년은 10여 곳에서 허드렛일도 경험한 것을 생각하여 긍정적으로 일하기로 했다. 계단 청소를 할 때 봉 걸레질을 하는데 소년은 생도 시절 내무생활을 해본 경험을 살려 잘 할 수 있었다. 전임자가 지병으로 갑자기 공석이 되어 한 달 이상 관리가 안 되어 있어서 근무 초기에는 청소할 곳이 많았는데 소년은 한 날 안에 모든 청소를 마쳤고, 업무 인계도 없는 상황에서 스스로 업무를 파악하여 모든 자료를 정리해 놓았다.

모든 직장에서의 스트레스는 사람 관계에서 오는데 소년이 근무하는 곳은 혼자서 스스로 처리하는 업무이기에 그런 스트레스가 없었다. 건물주는 과거 대기업인 H건설 중역을 지낸 80대 노신사로 점잖은 성격이어서 소년은 나이로나 심정적으로 편하게 근무할 수 있었다. 전역 후 8년이 지난 시점에 소년은 자신에게 맞는 직장을 만나 오래도록 근무할 수 있게 되었다. 그렇게 소년은 60대에 들어서 새로운 인생을 여유롭게 살아가고 있다.

돌아보니 이 또한 운명이라는 생각이 들었다. 경비라도 하려고 갔던 곳에서 관리소장이 급히 필요한 건물주를 만나게 되었고, 관리소장 직무에 청소가 포함되어 있어도 전역 후 10여

곳에서 근무를 해봤기에 할 수 있는 마음가짐이 되어 있었던 것이다.

그렇게 소년은 60대가 되며 자신에게 맞는 일자리를 만나게 되었다.

살 집이 정해지다

소년이 고1 때인 1977년도에 살던 집이 넘어간 이후 49년 만에 자신의 집이 정해졌다. 첫 결혼 때 아파트에 산 적이 있었지만, 그것은 전처의 아버지가 딸에게 사준 아파트였다.

홀로 2년간 지내다 재혼했을 때 아내에게 자그마한 반지하 빌라가 있었는데 소년이 자식들에게 주고 오라고 하여 아내는 아들에게 명의 이전해주었다. 그래서 소년은 아내와 방 두 칸짜리 월세방을 얻어 2011년도부터 함께 살기 시작했다. 2년간 월세를 1,000만 원 정도 지불하고 산 이후에는 대출받아 12,000만 원에 전세를 얻어 이사했다. 이사한 곳은 2층 독채로 방 3칸짜리였는데 주차장이 없어 소년은 차량을 1㎞ 거리에 있는 공영주차장에 주차해야 했다. 이사 후에 동네를 둘러보니 주변은 영등포역 뒤쪽에 위치하여 중국 교포가 많이 살고 있었다. 당시 아내가 어린이집 교사로 근무하고 있었는데 퇴근할 때 신길역 3번 출구에서 걸어오는 길이 밤에는 사람이 거의 다니지 않는 곳이어서 위험하다는 생각이 들었다. 걱정된 소년은 어릴 적 살던 동네에 적당한 곳이 있는지 알아보게 되었다. 그곳은 공군회관 부근인데 사람들이 많이 다니는 곳이어서 밤에도 안전한 곳이었다.

부동산 사무실에 들러 전세 나온 곳이 있는지 물어봤더니 마침 리모델링이 끝나고 15,000만 원에 나온 곳이 있다는 것이 아닌가. 그래서 아내와 함께 가봤더니 20여 평의 2층 독채인데 방이 3개에 리모델링하여 새집에 들어가는 기분이었다. 아내가 너무나 좋아해서 2개월 후 입주하는 것으로 계약하게 되었다. 그런데 당시 사는 곳의 전세 계약이 2년으로 되어 있는데 계약기간이 몇 달밖에 지나지 않아 전세 보증금을 돌려받을 수가 없었다. 그래서 소년은 직접 20여 곳의 부동산 중개사무실에 사는 곳에 전세가 나왔음을 알렸다. 그래서 10여 곳에서 집을 보러 왔는데 구식 건물에 주차장이 없어서 계약하겠다는 사람은 나타나지 않았다. 그렇게 한 달이 지나자 소년은 마음이 불편했다. 그래서 소년이 집주인에게 만약 전세가 안 나가면 소년이 이사 갈 때 두 달 분 월세에 해당하는 비용을 지불하겠다고 했더니 그는 1년분을 요구했던 것이다. 황당하고 화가 났지만,

당시 최악의 상황에서는 그럴 수밖에 없는 현실이 쓸쓸하게 생각되었다. 그렇게 보름이 더 지나자 소년은 낙담하여 술 한잔하고 다음 날 오전까지 자고 있었는데 한 40대의 여인이 고교생인 아들과 함께 집을 보러온 것이다. 보통 집을 보러온 사람들은 집이 마음에 들지 않으면 별로 질문을 하지 않는데 그날 집을 보러온 사람은 아내에게 계속해서 묻는 것이 아닌가. 그러더니 부동산 중개사와 함께 그들이 나가자마자 아내가 바로 계약한다고 알려줬다. 전셋집에 들어오겠다고 한 이는 고교생 아들과 단둘이 살 집을 찾고 있었는데 아들이 전셋집 근처에 있는 고교를 다녔고 안방 외에도 아들이 쓸 공부방이 제법 커서 바로 들어오겠다고 한 것이었다. 그때 소년은 집마다 맞는 사람이 있다는 것을 알게 되었고 그런 것 또한 운명일 수도 있다는 생각이 들었다.

소년이 이사한 집은 어릴 적 엄마의 장례를 치렀던 집 맞은편에 위치한 곳이어서 소년은 한동안 감개무량했다. 그 집은 소년이 어릴 때 처음 이성으로 느낀 장군의 딸이 살던 집이었다. 그들이 떠난 후 집주인이 초등학교 때 부모가 집을 사서 3층으로 증축하여 2층 독채는 주인집으로 하고 지층과 1층 및 옥탑방은 원룸으로 월세를 준 것이었다. 그러다 집주인은 성장하여 결혼 후 지방의 공사에 근무하며 따로 살게 되었고 모친이 홀로 살다가 연로하여 아들이 사는 지역의 요양원에 모시게 되었다. 그래서 소년이 입주하기 직전에 리모델링하여 전세를 놓게 된 것이었다. 그렇게 리모델링한 시기가 소년이 집을 다시 알아보기로 한 시점과 맞아떨어진 것이다. 계약하며 집주인과 대화하다 보니 그는 소년의 초등학교 7년 후배였다. 그때 그는 소년에게 아무쪼록 오래 살아달라고 했다. 그는 부모의 유산을 관리한다는 뜻에서 소년에게 자신을 대신해 집주인처럼 오래 살아야 집 관리가 제대로 된다고 생각했던 것이다. 그래서 소년은 계약 시 전제 보증금 그대로 8년째 살고 있다.

그곳에서 살면서 아내가 언젠가는 이사할 때를 대비해야 한다며 공공분양 아파트를 알아보자고 했다. 그래서 소년이 공공분양을 알아보던 중 파주시 운정 지구 아파트에 사전청약을 했는데 당첨이 되었다. 무주택자로 10여 년이 지나 보훈처에 할당된 공공분양 물량 중 장기 복무 제대군인에게 주어지는 기관 추천 대상자 중에 소년의 점수가 충족되었던 것이다. 사전청약에 당첨되면 그대로 본 청약 대상자가 되는데 본 청약은 1년여 후에 있기 때문에 전세자금 대출금을 모두 상환하고도 본 청약 시 지불할 계약금을 준비할 시간적 여유가 생긴 것이다. 이후 2026년 3월에 입주하기 전에 지불해야 하는 중도금은 아내가 모은 돈과 소년이 모을 돈으로 해결하고 잔금은 전세자금과 대출을 받아 해결할 수 있게 되었다.

그렇게 사전청약에 당첨된 지역은 소년의 엄마가 안치되었던 파주였다. 그래서 소년은 이렇게 잘 풀린 것은 엄마의 음덕이 작용한 것 같다는 생각이 들었다. 이렇게 소년은 고교 때 살던 집에서 쫓겨난 이후 49년 만에 자신의 집이 정해진 것이다.

글로 소통하는 기쁨

어린 시절부터 가사에 인생사 의미가 담긴 서정적인 노래들을 즐겨 불렀던 소년은 성인이 되어서 중요한 순간마다 글을 통해 소통해왔다.

임관 후 형으로부터 자식들에게 대한 아버지의 지난 과오를 듣고 분노하여 아버지답게 사시라는 10쪽 분량의 편지를 보낸 적이 있었다. 그랬더니 아버지도 똑같이 그 정도 분량으로 지난 일에 대해 어찌할 수 없었다는 내용의 답장을 보냈다. 그래서 소년이 다시 장문의 편지를 보냈더니 더 이상 답장은 없었다.

아이가 초등학교 시절에 엄마 말을 안 들었다고 혼나고 나서는 일기장에 반성문을 쓰듯이 적어놓은 것을 본 적이 있었다. 어릴 적 잘못 배운 엄마가 아이에게 엄마 말을 안 들으면 무조건 잘못한 죄인 같은 심리를 심어주고 있었던 것이다. 그래서 소년이 아이에게 대학노트를 주며 "네가 그렇게 행동했던 이유, 즉 네 생각을 적는 것이 일기란다." 하고 일러주었다. 아이가 적어 놓은 글을 보고 다음 장에 아버지의 생각을 적어 아이에게 보라고 했다. 그러자 아이의 표정이 밝아졌다. 이후로 아이의 행동에 다소 문제가 있다고 아이 엄마에게 들을 때마다 소년의 부자는 일기장을 통해 글로 소통했다. 고교 2학년 때까지 그랬다. 그래선지 아이는 성적이 떨어져도 국어는 1등급을 유지했고 성인이 된 이후에도 부자간 공감대를 갖게 되었다.

군 생활하면서 어떤 일이 벌어졌을 때 사정도 듣지 않고 무조건 호통을 치는 상관의 면전에서 제대로 설명할 수 없는 경우에 소년은 글로 정리하여 전했다. 그러면 더 이상 아무 말도 나오지 않았다. 그래서 소년은 정리된 글이 최고의 소통이라고 생각하게 되었다.

1공수여단 대대장으로 취임식을 할 때 소년은 군대 취임사에 통상적으로 들어가는 상관에 대한 감사·충성 등의 내용을 최소화하고 부대원들이 공감할 수 있도록 부대원들과 함께 할 내용을 알기 쉽게 작성하여 낭독했다. 그랬더니 부대원들의 공감도도 좋았고 참석한 하객들의 반응도 독특하며 신선하다는 반응이었다. 그것은 소년이 남의 취임사를 참고하여 작성하지 않고 소년의 독창적인 생각을 정리해서 표현했기 때문이었다.

그렇게 글의 가치를 깨달은 소년은 40대가 되어 자신의 생각을 정리한 글을 사람들에게 전하기 시작했다. 2000년대 들어 카페가 활성화되자 우선 고교 및 육사 동기 카페에 살아가는 이야기를 1~2쪽 분량으로 올렸다. 그때 올린 글을 읽고 공감한다는 댓글을 본 소년은 이제는 직접 만나서 얘기하지 않더라도 정리된 간결한 글을 통해 생각을 공감할 수 있음에 놀랐고 반가웠다. 그래서 소년은 자신이 관심 있는 분야의 카페에 가입하여 글을 올려 반응을 살폈다. 그랬더니 관심을 끄는 글은 대상별로 주제가 다르다는 것을 알게 되었다. 그렇게 작가적 관점이 시작된 것이다. 그래서 소년은 자신과 비슷한 세대인 1960년대에 태어나 부모가 된 이들에게 함께 앞만 보고 살아온 삶을 돌아보는 계기가 되고 그들의 자녀인 20~30대에게는 부모의 삶을 미리 알게 하여 좀 더 행복한 인생을 살아갈 수 있는 지혜를 얻는 데 도움이 되는 글을 쓰기로 한 것이다.

소년의 에세이 첫 출간작은 『뒤집어 본 행복』이다. 기존에 써놓았던 글들을 정리해서 행복이 무엇인지 알아보려 한 책이다. 사람들은 겉으로 보이는 부귀영화가 행복의 전부인 줄로 잘못 알고 있다. 그래서 돈이 많거나 높은 지위에 있는 사람을 부러워하며 자신에게 주어진 행복이 무엇인지를 알지 못하고 있다. 겉으로 괜찮아 보이는 집도 집안에는 난장판이 되어있을 수 있듯이 사람도 외모를 좋게 하고 있어도 겉옷 안에 다 해진 속옷을 입고 있거나 마음속으론 나쁜 생각을 품고 있기도 한다. 그러니 그 속을 뒤집어 봐야 제대로 그 사람의 모습을 알 수 있듯이 우리의 행복도 통상적인 사회적 잣대로 볼 것이 아니라 살아가면서 행복한 지 각자 돌아보는 계기가 될 만한 화두를 제시했던 것이다.

출간된 자신의 책을 보니 스스로 대견하다는 성취감이 들었다. 그래서 저자에게 증정되는 부수 전부를 지인에게 선물로 주었다. 그랬더니 돈이나 밥을 사주는 것보다 더 좋아하는 반응을 보며 뿌듯했다. 게다가 몇몇 이들로부터는 에세이를 읽은 후 삶을 돌아보는 계기가 되었다는 문자를 받았다. 그때 소년은 자신의 작품에 반응하는 독자들과 글로 소통하는 기쁨을 만끽하게 된 것이다. 그래서 소년은 또다시 이렇게 즐거운 마음으로 2작을 만들어가고 있다.

취미거리를 발견하다
....

코로나가 전국에 확산되어 모든 모임이 중단되자 소년은 여가가 무료해지기 시작했다. 그래서 혼자 걷기를 하다가 허전함이 들어 자신이 좋아하는 분야의 카페를 검색해 보았다.

먼저 주기적으로 운동해야 한다는 생각으로 조기축구를 검색했더니 풋살 축구로 안내되는 것이었다. 그래서 들어가 보니 인조 잔디에서 6인제 미니축구로 진행하는 풋살 축구 동호회가 운영되고 있는 것을 발견하고는 바로 전화를 걸었다. 나이가 좀 있는데 가입이 가능하냐고 물으니 30대 초반인 총무가 대부분이 20~30대이지만 40~60대도 일부 있어 가입이 가능하다는 것이었다. 그래서 바로 가입비를 내고 모임에 나가게 되었다. 소년은 풋살 축구를 하며 20~30대들과 함께 어우러질 수 있는 시간이 마냥 싱그러웠다. 한 번은 축구 경기 중에 소년이 공을 잡고 있을 때 한 20대 젊은이가 자기 쪽으로 패스하라며 "형님, 이쪽으로 여!" 하는 소리에 얼른 패스해주고는 그가 형이라고 부른 소리가 귓가에 맴도는 것이 아닌가. 처음에는 아들보다 훨씬 어린 친구에게 형 소리를 들어 낯설었는데 시간이 지날수록 소년은 자신이 회춘한 것 같은 기분이 들어 좋았던 것이다. 그래서 그런 사실을 30대 중반인 아들에게 얘기했더니 축구를 못하는 녀석이 "아버지, 좋으셨겠네요." 하는 반응을 보였다. 그렇게 소년은 좋은 취미거리를 찾았다. 일요일 아침마다 풋살 축구를 하고 이따금 20~30대 회원들과 회식하는데 아들보다 더 젊은 청년들과 함께하는 자리에서는 정말 술맛이 달콤하고 정신이 힐링이 되는 느낌이어서 좋다.

코로나로 인해 한동안 혼자 걷다가 심심해져 카페를 검색하니 산악회에서 걷기 모임이 있는 것을 발견했다. 소년은 군생활 동안 하도 산을 많이 다녀 산행보다는 트레킹 코스에 참가하기로 하고 몇몇 카페에 가입하여 다녀보았다. 평일 퇴근 후에 참가할 수 있는 코스를 찾아 함께 트레킹하니 좋았다. 코로나가 장기화 되면서 참가 인원이 4명 이하로 제한되니 사람들을 사귀기가 더 좋았다. 이후에 6명에서 8명으로 점차 늘고 있는데 소년은 10명 정도가 함께 운동할 때 서로 대화 나누며 사귀기가 적정하다고 생각했다. 트레킹 코스를 돌면 뒤풀이로 식당에서 식사와 반주를 한잔하며 얘기를 나누는데 소년은 그때 여러 사람을 알아가게 되어 그런 자리도 좋았다. 그래서 평일 퇴근 후에는 주 1~2회 산악회 카페에 공지된 트레킹 코스에 참가하여 함께 걷기를 하고 뒤풀이하며 기분 좋게 한잔하는 시간을 갖는다. 오로지 함께 운동하고 한잔하려는 목적으로 만난 사람들과 같이하는 시간은 쓸데없는 신경을 쓰지 않아도 되어 좋고 회식비는 각자 부담하는 것을 원칙으로 하니 비용도 저렴해서 좋다.

소년은 노래를 좋아한다. 특히 통기타 노래는 듣기도 좋아하고 부르기도 좋아한다. 한때는 통기타 라이브 노래를 들으러 많이 다녔다. 그런데 그럴 때마다 비용이 제법 많이 든다. 그래서 노래를 좋아하는 카페를 찾아보았다. 노래를 좋아하는 사람들이라면 보통 기본적으로 자신의 애창곡은 제대로 부르기 때문에 굳이 가수가 아니라도 감상할 만하며 비용도 저렴하기 때문이다. 얼마 전에 한 카페에서 노래 동호인 모임이 공지되어 참석했다. 20명이 모여 각자 18번 한 곡씩 하고 게스트들의 통기타 연주 및 노래도 들었다. 이후에는 기타 고수의 반주에 어릴 적 노래들을 합창하고 나니 추억 속으로 되돌아간 기분이어서 좋았다. 앞으로도 매달 열릴 예정이라니 그 공간에서 좋은 관계를 맺어보려 한다.

소년은 기타를 왼손으로 조금 친다. 자신의 노래에 맞게 기타 반주를 하는 정도이다. 통기타 노래를 좋아하는 소년은 기타 연주 실력을 더 쌓고 싶다. 그런데 그 카페에서 통기타 모임을 매주 운영하기로 했단다. 그래서 매주 연습해서 소년이 좋아하는 노래들에 대한 반주를 숙달하려고 한다. 그래야 혼자서도 외로워하지 않고 잘 놀 수 있으니까.

지란지교를 찾다

소년은 살아오면서 친구 관계가 계속 바뀐다는 것을 알게 되었다. 어린 시절 학교 다닐 적 친구는 그저 학교 동창일 뿐이고 학교를 졸업하고도 지속해서 만나는 이들이 친구라 하겠다. 소년은 고교졸업 이후 40대까지 고교 때 사귄 친구들을 만났었다. 그리고 현역으로 있는 동안에는 육사 동기생 중에 개인적으로 사귀었던 이들을 친구로 알고 지냈다. 그러다가 50대가 되어 전역하니 고교 친구로 알았던 이들은 잘나가는 줄 알았다가 꺾어진 소년과 만나는 것을 반기지 않았다. 그런데도 한 친구는 지금껏 여전히 친구로 남아있다. 아마도 그와는 학력과 경력 등 서로의 인생이 비슷하기 때문인 것 같다. 육사 동기생들은 전역 이후 각자 사회 적응 기간이 필요하여 만날 기회가 적어 점차 멀어져갔다. 그러다 60세가 되며 모두 사회인이 되자 모임이 조금씩 활성화되고 있다. 그렇지만 소년에게 터놓고 얘기할 수 있는 친구는 많지 않다. 기분 좋게 취했을 때 생각나 전화하는 이들 몇 명이 남아있을 뿐이다.

그래서 소년은 60대 들어 새롭게 함께 할 지란지교를 찾고 있다. 지란지교란 함께 할 때 서로에게 기분이 좋아지는 관계이면 충분하니 나이가 어리거나 여성인 경우에도 가능하다고 생각된다. 그런 관점에서 소년은 자신의 취미 속에서 비슷한 가치를 가진 지란지교를 찾고 있다.

먼저 소년은 자신의 에세이를 공감할 만 한 이들에게 전한 후 자신의 생각과 비슷한 반응을 보이는 사람을 찾으려 한다. 그런 사람이라면 함께 인생사를 편안한 마음으로 나눌 수 있을 것 같다.

가사에 인생의 의미가 담긴 노래를 좋아하는 소년은 주로 통기타 음악을 좋아한다. 그래서 통기타 노래와 관련된 모임을 찾아 함께 노래를 부르며 가사를 통해 공감되는 이들을 찾아보려 한다. 가사를 좋아하는 사람들은 그 가사 내용을 쫓아 살아온 이들이기에 소년은 자신과 통할 것으로 생각하고 있다.

트레킹 코스를 함께 걷고 뒤풀이하면서는 그저 평상시 일상의 얘기를 가볍게 나눌 수 있는 정도이면 족하다고 생각한다. 그래서 친해지면 어릴 적 동네에서 함께 지낸 형과 동생처럼 지내는 것도 기대해본다.

풋살 축구 모임에서는 함께 경기하며 서로를 존중하고 배려하는 플레이를 하면 족하다고 생각한다. 소년은 처음에 공을 조금 찰 줄 안다고 소년에게 뭐라 지적하는 이들에 대해 기분이 나쁘다는 반응을 보였는데 시간이 지나며 친해지게 되니 함께 운동하는 시간이 즐거워졌다. 그래서 그들에게 좀 더 친절하게 다가가 보기로 했다.

　프로야구 관람을 좋아하는 소년은 함께 볼 사람이 없다. 매번 혼자서 중계방송을 보거나 야구장을 찾는다. 그래서 LG 팬클럽에 가입해서 함께 보며 응원하는 자리를 만들어 보려 한다. 혼자보다는 여럿이 함께 응원할 때 열정이 배가 되기 때문이다.

　나이가 어느 정도 들어서자 지란지교가 대단한 관계가 아니라 그저 함께 할 때 서로에게 즐거움을 더해주는 정도면 충분하다는 생각을 갖게 되었다. 그리고 자신도 상대에게 조금 더 친절하게 대하여 곁에 다가올 수 있는 모습으로 있어야 한다는 것도 알게 되었다.

제3장

일상의 소확행을
누리다

현실에 감사하게 되다

소년은 환갑의 나이가 지나자 자신이 현재의 삶을 즐기지 못한 이유는 지난 애환을 벗어나지 못하고 자신이 무엇이 되어야 한다는 집착이 남아있기 때문이라는 것을 알게 되었다. 그러자 삶의 행복은 자신에게 주어진 현실을 감사하게 생각하는 마음이 들 때 느껴진다는 생각이 들었다. 그래서 자신에게 주어진 행운을 돌아보며 감사한 마음을 갖게 되었다.

초등학교 5학년 때 엄마가 떠난 이후로 집안이 급격히 기울었으나 대학을 다녔던 아버지가 있었기에 소년은 고교를 졸업할 수 있었고, 형이 대학 입시에 실패하는 것을 보고 고교 때 공부에 전념하게 되어 육사에 합격했던 것이다. 어린 시절에 떠난 엄마에 대한 그리움은 두 살 위 누나가 있어서 어느 정도 버틸 수 있었음을 알게 되니 그래도 장남인 형보다는 외로움을 덜 느꼈다는 생각이 들었다.

육사에 입학한 이후에는 최고 수준의 교육을 받으며 성장 해갔으며 임관 후 부임지에서는 부하들에게 사랑을 주며 보람 되고 즐거운 시간을 보냈던 것이다.

중령에서 더 이상 진급이 안 되어 후배들에게조차 뒤처져 조기 전역을 했지만, 그에 대해 서운한 생각은 전혀 없었다. 남 들처럼 진급하기 위해 상관에게 잘 보이려고 개인적으로 돈을 들여 무얼 해보지 않았기 때문에 그랬다. 오히려 육사 출신이어 서 중령까지 진급할 수 있었다는 것에 감사한 마음이 들었다. 그런데 전역을 해서 사람을 사귀거나 취업할 때 중령 출신이기 때문에 제한받았던 경험을 해보니 그나마 더 이상 진급하지 않 고 중령으로 전역한 것이 사회생활을 더 자유롭게 할 수 있어 서 좋았다.

첫 결혼생활의 안 좋은 기억 속에 빠져 오랫동안 괴로웠는 데 그래도 연애 시절과 전방에 함께 살 때 소꿉친구처럼 다정 했던 시절과 아이의 어린 시절에 셋이서 도란도란 지냈던 추억 을 떠올리며 그 또한 서로에게 주어진 운명이라 생각하니 분노 가 사라지게 되었다.

어린 시절 가정형편 상 육사에 진학해 직업군인이 된 소년은 그 덕분에 군인연금을 받게 되어 이혼하며 몸만 나왔어도 괜찮은 아내와 재혼을 할 수 있었고, 10여 군데의 직장을 체험할 수 있었다. 소년이 여러 곳의 직장을 다니며 느꼈던 것은 육체적으로 힘들고 나이대접도 제대로 못 받는 직장이지만, 버텨내야 먹고 살 수 있는 사람의 경우는 참 서글픈 마음이겠다는 생각을 했던 것이다.

소년은 소대장 시절 동계 대대 행군 중에 동상에 걸려 손가락이 잘릴 고비를 겪었다. 당시 대대원 30여 명의 발가락이 절단되는 상황에서도 소년의 손가락은 손톱이 빠지고 물집이 벗겨지기는 했어도 기능은 유지되어 군 생활을 계속할 수 있었던 것에 감사하게 되었다.

현재까지 소년은 건강하다. 부모의 유전으로 인해 치아가 약해 계속 임플란트하고 있지만, 그 외 신체 기능은 정상적으로 작동하고 있다. 그래서 감사한 마음으로 부모로부터 받은 신체를 제대로 관리하기 위해 주기적으로 운동을 하고 있다. 아울러 정신건강을 위해 지나온 세월의 아픔은 운명으로 받아들이며 좋은 추억에 대해 감사하게 되었다. 그래야 주어진 현실을 하루하루 즐겁게 살아갈 수 있으니까.

맞춰 사는 법을 알아가다

소년은 재혼한 후 처음에는 잘못된 환상을 가졌었다. 그래서 아내에게 "내 말을 이해해야 하고, 이해가 안 되면 물어보고, 그래도 이해가 안 되면 믿어야 한다."라고 말했다. 소년보다한 해 위지만 남자들의 거짓말을 분간 못 하는 순진한 아내가걱정되어 그리 말했던 것이다. 그런데 서로의 혈족에 대해 얘기할 때 이해가 도저히 안 되어 답답했는데 10년이 지나자 어쩌면 아내처럼 현실을 단순하게 받아들이며 사는 것이 좀 더 행복하게 사는 것은 아닌가 하는 생각이 들었다.

소년이 자식에게는 부모로서 올바른 지도를 해야 한다고얘기하면 아내는 다 큰 자식을 어떻게 하느냐고 했다. 형에 대해 답답하다고 얘기하면 아내는 "형제와의 관계도 각자 살아가는 것이고 그저 안부나 묻고 지내면 되는 것"이라고 하는 것이다. 3남매의 막내로 자란 소년은 8남매의 일곱째로 자란 아내의 말을 처음에는 이해하지 못했지만, 이제는 점차 이해하게 되었다.

한 번은 소년이 형을 만나고 와서는 아내에게 형이 너무 형수를 의식하니 대화하다 보면 답답하다고 하니까 아내는 "형수에게 잡혀 사는 형이 동생을 만나 맘 편히 한잔하고 갈 수 있도록 그냥 들어주기만 하면 안 돼요?" 하며 그렇게 해주는 것이 형제 관계가 아니냐고 말했다. 그 말을 듣고 소년은 상식이 맞지 않으면 참지 못하고 대응하는 자신의 모습을 발견하게 된 것이다. 그런 아집 때문에 소년 스스로 생각이 다른 사람들의 관계로 인해 스트레스를 받거나 주었던 사실을 깨닫게 되었다. 그런데 아내는 알게 된 사람들마다 먼저 연락이 오는 것이 아닌가. 그 이유는 말이 많지 않고 순진한 아내는 상대의 말을 그대로 잘 듣고 진실로 받아들여 상대가 말하면 반응을 잘해주었던 것이었다. 그런 아내를 보면서 소년도 조금씩 변해가고 있다.

건물 관리소장으로 근무하면서 체험한 일이다. 한 번은 주차장 출입구에 주차된 차량을 발견하고 차량을 즉시 빼라고 하는 과정에서 언성을 높이며 "남의 건물 주차장 출입구에 주차하는 경우가 어디 있느냐." 하니까 30대의 젊은 남자는 "빼면 될 거 아니에요. 왜 화를 내고 그래요." 하며 덤비듯이 말하는 것이 아닌가. 순간 소년은 아차 하는 생각이 들어 알겠다고 하며 달래 보냈던 것이다. 이후 소년은 그런 유사한 경우가 있으면 "이렇게 주차해놓으시면 건물에 입주해있는 회사로부터 컴플레인을 받으니 빨리 빼주세요." 했고 그렇게 말하니 모두 아무 말 없이 차를 뺐던 것이다.

또 한 번은 건물 내 1층 커피숍에 차량을 갖고 온 손님이 커피숍 앞 도로에 주차하여 건물 차량의 출입에 지장을 주는 사례가 자주 있을 때였다. 소년이 관리소장으로서 이렇게 주차하면 건물 차량 출입이 불편하니 차를 빼달라고 하면 주차한 지점이 건물 땅이 아닌데 왜 빼라고 하냐고 하며 장시간 주차하고 가는 경우도 있었다. 그런 일이 반복되자 소년은 더 이상 그들과 실랑이를 벌이지 않고 구청 주차단속 콜센터에 신고했다. 몇 차례 단속반이 출동하여 과태료 부과 스티커를 붙이자 더는 주차하는 차량이 없게 되었다. 그렇게 소년은 스스로 직접 설득하려고 하는 아집에서 벗어나 현실 속에서 맞춰 사는 법을 알아가고 있는 것이다.

직장생활의 보람

소년은 전역 후 10여 곳의 직장을 체험하고 강남구에 있는 6층 건물의 관리소장으로 근무하며 건물 관련 임대차 계약 체결 및 임대료 고지 등 모든 행정업무와 건물 관련 보수 및 유지 관리업무를 총괄하고 있다. 건물주 대리인으로서 자신이 건물주라는 생각으로 근무하다 보니 나름대로 보람을 느끼고 있다.

근무를 시작할 때 전임자가 지병으로 한 달 넘게 입원하게 되어 공석인 상태에서 업무 인계인수도 없었고 건물관리는 손볼 곳이 많았다. 한 달여 걸쳐 건물 곳곳을 둘러보고 보수 및 청소했고 각종 행정업무는 전임자의 업무일지를 보고 정리했다. 그러던 중에 건물 출입구 차단기가 고장 난 상태로 묶여 있는 것을 보고 업체에 연락하여 교체하는데 차단기 업체 사장이 수리하면서 "임대료를 그렇게 많이 받는 건물주가 고장 난 차단기를 이렇게 오래 방치하느냐."라고 하는 것이 아닌가. 그래서 소년은 관리소장으로서 건물주 회장님은 그런 분이 아니라며 단지 전임 관리소장이 제대로 보고하지 않고 이렇게 방치한 것이라고 설명해주었던 것이다. 그렇게 건물주 대리인인 관리소장이 제대로 시설관리를 하지 않아 입주해있는 임차인 측 회사 직원들이 불편을 감내해야 했던 것이다. 그래서 소년은 주인의식을 갖고 건물주의 입장에서 세입자들의 불편이 없도록 관심을 두고 근무하게 되었다.

소년이 관리하는 건물은 층별로 한 개 회사가 전부 사용하는 구조로 되어 있어 중소기업체가 입주해 있다. 관리소장의 가장 중요한 업무는 입주한 회사가 이사할 경우에 새로운 임차인과 임대차 계약을 맺고 퇴거 및 입주를 확인하는 것이다.

근무한 지 3개월쯤 되었을 때 5층에 입주해 있는 화장품

제조 및 유통회사가 회사 상황이 안 좋아져 임대료를 몇 개월 연체하다가 결국에는 사무실을 작은 곳으로 옮겨가기로 했다고 알려왔다. 그래서 소년이 건물 전속 부동산 중개 담당자에게 최대한 빨리 새로 입주할 임차인을 알아보라고 했더니 중개 담당자가 중개 수수료를 양쪽에서 다 받을 속셈으로 부동산 중개 사이트에 올리지 않고 자신이 소속된 중개업체에서만 소개하도록 하여 2개월이 지나서야 입주할 수 있는 회사와 임대차계약을 맺도록 하는 것이 아닌가. 그래서 관리소장이 나가는 회사의 입장을 고려하여 새로 입주할 회사의 일정을 조금 앞당기고 임대인 측 중개수수료를 인하해주도록 했다.

이듬해에는 4층에 입주한 투자회사가 경영 상황이 안 좋아져 퇴거할 때 일이 벌어졌다. 새로 입주할 회사도 투자회사였는데 계약하고 입주하기 며칠 전에 입주할 수 없게 되었다고 하는 것이 아닌가. 그래서 이사 나가는 회사가 계속 임대료를 지불해야 하는 상황이 되자 최초 자신들이 퇴거하기로 되어있는 날 기준으로 보증금을 정산해 달라고 요구하며 일부 짐을 남겨놓아 다른 세입자를 들이려면 강제집행을 해야 할 상황이 되었다. 그런 와중에도 건물 전속 부동산 중개업체 담당자는 임대인 측 중개수수료를 받아내려는 과정에서 떠나는 임차인에게 감정만 더 상하게 한 것이었다. 그래서 관리소장이 그에 대한 전속 관계를 해지하고 다른 부동산 중개업체 담당자에게 조정하게 하여 상호 조금씩 양보한 안으로 합의서를 작성한 후 퇴거하게 했다.

2021년도 1월에는 서울에 강추위가 몰려와 소년이 관리하는 건물의 급수 및 배수관이 얼어버린 적이 있었다. 회사들이 입주해 있는 건물이라 휴일에는 사람이 근무하지 않는데 주말에 영하 15도 이하의 날씨가 이어지며 그리된 것이었다. 월요일에 출근하니 각층에서 물이 안 나오고 배수가 안 되어 화장실 바닥에 물이 안 빠진다고 계속해서 전화가 왔다. 급히 시설관리업체에 연락해서 당일 밤늦도록 급수관에 대한 해빙 작업을 했으나 완전 복구가 안 되어 다음날 임시 급수관을 설치하여 급수가 되도록 했다. 그런데 배수관은 중간층에서 얼었던 구간이 완벽히 해빙되지 않아 2~4층에서는 화장실 사용이 불가해서 며칠간 문의 및 항의 전화를 계속해서 받아야 했다. 그렇게 이틀이 지나고 기온이 오르자 배수관은 완전히 해빙되었는데 2층에서 물난리가 나버렸다. 층별로 입주한 회사들이 인테리어를 하며 정수기 등을 사용하려고 급수관을 추가로 설치했던 구간에서 얼었던 것이 녹으며 급수관이 터져 물이 범람하게 된 것이다. 그래서 긴급히 시설관리업체에 연락해서 터진 급수관을 막았고 사무실 바닥 청소를 위해 인부를 불러 당일 오후에 해결했다. 그렇게 한 주간 난리가 났었는데 다 해결되고 나서 각층 담당자들로부터 수고하셨다는 말을 들으니 보람이 느껴졌다. 그리고 수리 기간에 계속된 컴플레인 및 문의 전화에 진심으로 불편을 끼쳐 송구하다는 말을 전한 것이 제대로 전달되었던 것 같아 마음이 편해졌다.

2020년 초에 코로나가 확산되었을 때였다. 2~3층에 입주해 있는 미용용품 유통회사가 해외 출입이 제한됨에 따라 심각한 타격을 입게 되어 건물 임대료를 인하해달라고 요청했다. 관리소장이 확인하니 그 회사가 사용하고 있는 1개 층은 임대차 기간 만료가 임박하여 퇴거할 경우 공실이 장기화 될 우려가 있어 관리소장인 소년은 여러 고려 요소를 검토했다. 마침 정부에서 임대료를 인하해 준 임대인에게 종합부동산세에서 인하해 준 금액의 50%를 환급해주는 방침이 발표되었는데 국회 심의가 끝나 곧 시행될 예정임을 확인한 소년은 건물주께 이렇게 건의했다. "2~3층을 쓰는 회사 대표가 임대료를 인하해 달라고 요청했는데 정부에서 착한 임대인에게 이듬해 인하해 준 금액의 50%를 세액공제 해주기로 발표되었습니다. 그리고 그 회사가 쓰고 있는 1개 층은 곧 만기가 되어 퇴거할 경우 코로나 상황이 지속되면 이사를 꺼리게 되어 공실이 장기화 될 수 있겠습니다. 그래서 3개월 정도 임대료를 20% 인하해주는 방안을 건의합니다."라고 했더니 건물주는 알았다고 하면서 그럼 다른 층은 어떻게 하느냐고 물었다. 그래서 소년이 "그 회사는 임대료를 인하해줘야 하는 상황으로 판단되어 건의하지만 다른 층은 회장님이 판단하시면 되겠습니다."라고 했더니 건물주는 전 층에 대해 임대료를 3개월간 20% 인하해 주도록 한 것이다. 그래서 소년은 기쁜 마음으로 각 층에 알려줬고 건물주께도 강남 일대에서 선도적으로 임대료를 인하해주서서 각 층 대표들이 고마워하고 있다고 전했던 것이다. 그렇게 소년은 관리소장으로 근무하면서 하나씩 보람을 느끼고 있다.

일상의 즐거움

소년의 근무 시간은 평일 07:30~16:30분이다. 거주지인 신길동에서 근무지인 선정릉까지 9호선을 환승하며 40분 소요된다. 러시아워를 피해 출퇴근 때 혼잡하지 않고 이동시간이 짧고 편리하다. 그리고 아침 일찍 일어나니 하루를 좀 더 많이 사용할 수 있어 좋다.

소년은 출근해서 혼자서 근무하고 혼자서 점심을 먹는다. 처음에는 심심하기도 했지만 이내 적응이 되어 사색의 시간이 많아 좋고 혼식을 하지만 매일 메뉴를 스스로 정할 수 있어 좋다.

출근하면 건물 1층에 커피숍이 있는데 아메리카노가 2,000원으로 저렴해서 2,000원의 행복을 누린다. 점심을 위해 주변 식당을 들러보고 입맛에 맞는 식당을 찾아다닌다. 그중에 단골로 가는 식당은 한식 뷔페인데 메뉴가 50~60대 입맛에 맞는 옛날식 메뉴에다가 식비도 6,000원으로 저렴하다. 강남에서 그렇게 가성비 좋은 커피와 식사를 할 수 있어 좋다.

소년의 근무지 앞에는 선정릉이 있다. 날씨가 따뜻할 때 능 안을 맨발로 산책해 보았다. 흙바닥을 맨발로 걸으니 빨리 갈 수가 없어 처음에는 불편했지만 몇 번 하다 보니 천천히 걷게 되어 주변 풍경을 보며 사색할 수 있는 시간이 되어 좋았다. 또한 맨발이 땅에 닿으니 자연과 하나가 된 느낌이 편안함을 주었다. 그래서 소년은 주 1~2회 맨발 산책을 통해 자연과 함께 사색의 시간을 보낸다.

소년이 관리하는 건물에서는 왕릉인 선정릉 전경이 보이는 전망이 좋다. 그래서 근무하다가 이따금 옥상에 올라가 선릉과 정릉의 전망을 바라보면 마음의 여유가 생긴다. 또한 다른 건물에 비해 임대료 및 관리비가 비싸지 않아 입주한 회사들은 망하지 않는 한 오랜 기간 입주하고 있으니 직원들과 동료처럼 친하게 지낼 수 있어서 좋다.

중1 때 처음 야구 관람을 해본 소년은 지금도 프로야구 관람을 좋아한다. 응원하는 팀은 젊은 시절엔 최동원 선수를 좋아해서 롯데였는데 1994년도에 LG가 자율야구로 우승하는 것을 보며 서울 출신인 소년은 LG 팬이 되었다. 프로야구 시즌 중에는 LG 경기에 대한 중계를 보면서 젊은 시절의 마음으로 응원하며 열정을 갖게 된다. 이따금 답답할 때는 잠실야구장에 가서 경기를 관람하는데 이때는 포수 뒤쪽 관중석에 앉아 경기를 보면서 양 팀 응원석의 열기를 보며 열정을 받는다. 경기장에서 맥주와 함께 먹는 안주는 참 맛있다. 50대 때까지는 응원하는 팀이 지면 화가 나기도 했지만 60대가 되자 열정적으로 응원하고 경기 순간을 즐기면 그것으로 충분하다고 생각하게 되었다.

매년 봄이 되면 소년이 좋아하는 프로야구가 개막되어 10월까지 진행된다. 그래서 6개월간은 여가를 재밌게 보낼 수 있어 좋다.

프로야구가 끝나면 소년은 자신이 구상한 에세이를 써간다. 어느 한 주제를 정하고 글을 쓸 때 몰입이 되는 자신의 모습에 열정을 느낀다. 그래서 제목을 정하고 주제를 선정해서 매년 1권의 에세이를 출간하기로 했다. 글을 쓰면서 몰입할 수 있어 정신적 기쁨을 느끼고 주제별로 내용이 완성되면 마음이 편안하다. 출간되어 책으로 나오면 성취감을 느껴 좋다. 그렇게 나온 작품을 지인들에게 전해줄 때 소년은 자신의 역할을 다한 것 같아 뿌듯하다.

이렇게 소년은 내려놓을 것을 내려놓고 일상의 즐거움을 누리며 살아가고 있다.

힐링의 시간을 갖다

소년은 물가를 좋아한다. 유유히 정해진 방향으로 흐르는 강물을 보면 자신의 운명을 순리대로 받아들이게 된다. 넓은 바다를 보면 작은 것에 연연하는 세파의 흐름 속에서도 의연하게 된다. 파도 소리나 시냇물 흐르는 소리를 들으면 지난 과거의 상념이 씻기는 듯 머리가 맑아진다. 비가 오면 마음의 응어리가 씻기는 것 같아 좋다. 그래서 소년은 한 달에 한 번 정도 바다에 다녀오고 평상시에는 수시로 집 근처에 있는 한강 변을 찾아 거닌다. 그리고 비가 오는 날에는 우산 없이 비를 맞기도 한다.

소년은 어린아이들을 좋아한다. 특히 영유아기의 아이를

행복을 찾아가는 소년

보면 행복했던 어린 시절의 감정이 느껴져 기분이 좋아진다. 소년의 출퇴근길에는 어린이집이 있다. 그곳을 지날 때마다 천진난만하게 뛰놀고 있는 아이들을 보면 마음이 맑아진다. 집에서도 TV에서 어린아이들의 일상을 소개하는 방송을 보며 동심이 되어 힐링의 시간을 갖는다.

소년은 TV에서 다큐멘터리를 즐겨 본다. 그중에 가족 간에 다정하게 살아가는 모습을 소개하는 방송을 보며 눈물을 흘린다. 젊은 시절에는 사내가 눈물을 흘리는 것이 창피한 것으로 알았는데 나이가 들자 인간적인 눈물을 흘리면 가슴이 후련해지는 것을 느껴서 맘 편히 흘린다. 그러면 힐링이 된다. 그것은 소년이 바랐으나 이루지 못한 단란한 가족의 모습을 보는 것으로 대신하려는 마음이 있기 때문이다.

소년은 얼마 전부터 매달 무료 급식소에 봉사활동을 하기 시작했다. 그곳에서 소년은 식기류에 대한 설거지를 맡아서 하고 있다. 어린 시절에 배고팠던 경험이 있는 소년은 식사를 마친 후 식기를 갖다 놓는 그들에게 밝은 표정으로 공손하게 "감사합니다." 하며 식기를 받아 잔반을 처리한다. 세 시간 동안 설거지하며 서 있는 것이 육체적으로는 조금 피곤하지만, 마음은 편해진다. 아마도 배고팠던 시절에 따뜻하게 대해주었던 이들의 고마움을 조금이나마 갚으려는 마음이 있어서인가 보다.

설거지를 마치고 봉사활동에 참가한 이들끼리 모여 뒤풀이로 한잔하며 얘기하는 시간도 포근하다. 모두가 남에게 도움이 되는 삶을 살려고 하는 마음으로 와서 함께 일했기 때문이리라.

소년은 경제적으로 어려웠던 어린 시절을 잊지 못해 몇 년 전부터 고향 신길동에 사는 결손가정을 후원하고 있다. 중도에 그만두지 않도록 복지관에서 제공한 후원 대상 가정 중 한 가정을 지정해 월 10만 원을 후원하고 있다. 후원자와 받는 사람은 서로 이름이나 연락처를 모르는 상태에서 복지관을 통해서 후원하되 후원 대상의 경제 상황은 후원자에게 제공되어 소년은 자신의 아들과 비슷한 또래의 여성이 이혼 후 어린 딸과 살아가는 가정을 지정하여 후원하고 있다. 후원한 지 2년이 지나자 복지관에서 후원 대상 가정의 엄마가 취업이 되어서 대상에서 제외해 달라고 하여 대상을 바꾸어서도 계속 후원할 것인지를 문의해왔다. 그래서 그러라고 하고 다른 가정을 지정해 계속 후원하고 있다. 그런데 최초 2년을 후원했던 가정의 엄마인 30대 여성이 복지관을 통해 감사의 편지를 보내온 것이 아닌가.

'저의 능력으로 아이를 키우지 못해 다른 분들의 도움을 받는 것이 참 부끄럽고 창피했습니다. 하지만, 정말 순수한 마음으로 도움을 주시는 분들이 계신다는 것이, 이 도움을 내가 받을 수 있다는 것이, 큰 축복이고 얼마나 감사한 일인지를 느끼게 되면서 정신을 차리고 힘을 낼 수 있었습니다. 제가 받은 것은 꼭 다시 사회에 돌아가게 한다는 책임감과 목표를 가지고 계속 최선을 다해 살아가겠습니다.'

그 편지를 보며 소년은 오히려 자신이 힐링되었다.

　초등학교 5학년 때 엄마가 세상을 떠났을 땐 행복이 사라진 줄 알았다. 그래서 정상적인 가정을 볼 때마다 부러워했다.

　결혼해서 아이를 둔 가장이 되었어도 행복을 느끼지 못했다. 행복에 대해 각자 부모에게 길들여진 생각이 달랐기 때문이다.

　50이 될 무렵에 모든 것을 깨고 나와 맨주먹으로 다시 시작했다. 착하고 순진한 아내를 만나 곧바로 부부가 되어 살아온 지 벌써 11년이 지났다. 그동안 혈족은 하나씩 떠나갔다. 그럴 때마다 처음에는 황당했지만, 그 또한 자신에게 주어진 운명이라 생각하니 60을 지나며 조금씩 편안해지는 것 같다.

　어차피 모든 사람은 떠날 때 홀로 갈 수밖에 없다는 사실을 깨달았기 때문인가 보다. 그러니 더 이상 괴로워할 필요도, 슬퍼할 필요도 없이 자신에게 주어진 삶을 행복하게 살아가면 그만이라는 것을 알게 된 것 같다.

　그런 마음을 오래전에 적어놓은 시에 담아 전하고자 한다.

'행복을 찾아'

어두운 굴속에 있던 아기가 세상에 나왔다.

아기는 세상에 나온 후부터 사람들을 보고 놀라다가

이내 따라 하기 시작한다.

그들이 시키는 대로, 그들이 좋아하는 대로.

그러다가 때가 되어 학교란 곳에 가서는

더욱더 사람들이 하는 대로 하며 살도록 길들여진다.

자신도 모르게. 어른이란 사람 말 잘 듣는 아이로.

이따금 반발도 해보지만, 얼마 가지 않아 어른 품으로 와서는

어른들이 시키는 대로 해버린다.

그 아기가 채 어른이 되기도 전에

또 다른 아기를 만나 아기를 갖고 살아간다.

그들도 역시 그 아기를 똑같은 방법으로 길들이고 산다.

자신들도 그러했듯이.

그들의 어른들 모습처럼.

그러다 한 아이가 이게 아닌데 하며 다른 모습을 보인다.
주변의 모든 아이는 "넌 바보야"라고 놀려대기 시작한다.
그래도 그 아기는 자신이 왜 태어났는지, 왜 살고 있는지,
진정 어떻게 살아야 하는지를 알려고 한다.

아무도 그 이유를 모른다. 그 아기도 모른다.
그러나 굳이 말하자면 '동굴 속에 갇혀서 느꼈던
그 체취 때문일까'라고만 생각하고 있다.

언제부터인가 그 아기 눈에는 모두가 동굴주인 같아 보였다.
그래서 끝까지 찾고 만나고 물어봤다.
그러나 그 동굴은 없었다.
어쩌면 애초부터 없었는지도 모르지만.

아기는 갑자기 외로움을 느낀다. 역시 길들여진 대로...
혼자서는 아무것도 할 수 없을 것 같은 무력감에 빠진다.
그래서 아무 대나 마구 돌아다녀 버린다.
그러다 그 아기에게 보이기 시작한 것이 있었다.

길들여진 상태를 벗어나는 것, 외로움에서 벗어나는 것,
때론 길들여진 것을 여유롭게 대할 수 있는 마음은
바로 자기 자신에게 달려있다는 것을.

자신이 누구인지, 어찌 살아야 하는지,
진정 무엇을 좋아하며 누구를 사랑하며 살아야 하는지를
그 아기가 알아야 할 텐데...